Pieter De Clercq

Im Schatten des Königs: Leopold II. und die Schrecken des Kolonialismus

Wie Gier und Grausamkeit die Geschichte Afrikas prägten

tredition

Druck und Distribution im Auftrag des Autors
tredition GmbH, Heinz-Beusen-Stieg 5, 22926 Ahrensburg, Deutschland

Die frühen Jahre: Aufstieg eines Monarchen

Die Geburt in die belgische Monarchie

Leopold II., geboren am 9. April 1835, trat als Sohn des belgischen Königshauses in eine Welt voller Privilegien und Machtansprüche. Er war der zweite Sohn von Leopold I., dem ersten König der Belgier, und dessen Frau Louise d'Orléans. Die belgische Monarchie selbst war zu diesem Zeitpunkt noch recht jung. Die Geburt dieses neuen Staates Belgien war eine direkte Folge der Belgischen Revolution von 1830, die zur Abspaltung vom Vereinigten Königreich der Niederlande führte. In dieser politisch aufgeladenen Atmosphäre kam Leopold zur Welt, geprägt von den Erwartungen und Lasten, die mit der Aufrechterhaltung eines neuen Königreichs einhergingen.

Leopold II. wuchs in einer Zeit auf, die von politischen Umwälzungen und nationalem Eifer geprägt war. Sein Vater, Leopold I., war ein deutscher Prinz des Hauses Sachsen-Coburg und Gotha und erhielt nach der Unabhängigkeit Belgiens die Krone. Sein Vorbild war von entscheidender Bedeutung für den jungen Leopold, denn sein Vater verkörperte den Idealtypus eines konstitutionellen Monarchen, der ein zerrissenes Land durch geschickte Diplomatie und kluge Politik vereinte. Leopold II. hatte den unbedingten Willen, in die Fußstapfen seines Vaters zu treten und diese neu entstandene Monarchie durch seine eigene Vision zu formen.

Von klein auf war Leopold von der Komplexität und der Verantwortung seiner königlichen Abstammung umgeben. Die belgische Monarchie war das Ergebnis eines politischen Kompromisses, der Spannungen zwischen verschiedenen religiösen und sprachlichen Gemeinschaften überbrückte. Leopold I. hatte es verstanden, die Einheit des jungen Landes zu sichern, und Leopold II. war sich der Tatsache bewusst, dass er in einer ebenso fragilen Balance leben würde. Seine Geburt fügte der neu errichteten Dynastie neue Hoffnung und Kontinuität hinzu, aber sie legte auch schwere Bürden und Erwartungen auf seine Schultern.

In der frühen Phase seines Lebens erlangte Leopold Einsicht in die politischen Herausforderungen, denen sein Vater gegenüberstand. Leopold I. setzte sich für ein neutrales Belgien ein, eine Entscheidung, die von den Großmächten Europas respektiert wurde und dem jungen Staat Autonomie in einem komplizierten politischen Umfeld ermöglichte. Diese neutralitätsbasierte Außenpolitik hatte erheblichen Einfluss auf den heranwachsenden Leopold und diente später als Grundlage für seine eigenen geopolitischen Überlegungen.

Leopold II. war ebenfalls bestrebt, Belgiens Stellung unter den europäischen Mächten zu stärken. Dies zeigte sich schon in jungen Jahren in seinem Interesse an Geografie und internationalen Beziehungen. Eine der Quellen zur Jugend Leopolds beschreibt: "Schon als Kind zogen ihn die Landkarten und Erdbeschreibungen in ihren Bann, und er träumte von fernen Ländern, deren Herrschaft er eines Tages für Belgien gewinnen wollte." Sein frühes Interesse sollte sich als prophetisch erweisen, da er später für seinen hartnäckigen und umstrittenen Kolonialerwerb bekannt wurde.

In einem von Widersprüchen geprägten Umfeld entwickelte Leopold II. ein starkes Pflichtbewusstsein gegenüber seinem Land. Seine Geburt und Erziehung im belgischen Königshaus induzierten in ihm einen ausgeprägten Sinn für seine zukünftige Rolle als Monarch. Auch wenn er bei seiner Geburt vielleicht nicht der direkte Thronfolger war, bewirkte die Geburt seines älteren Bruders, Prinz Louis-Philippe, in Leopold einen tiefen Ehrgeiz und einen unerschütterlichen Willen, in den politischen Angelegenheiten Europas eine zentrale Rolle zu spielen. Diesem frühen Beispiel folgte ein Leben voller Streben, das Belgien schließlich einen berüchtigten Platz auf der Karte der kolonialen Mächte sicherte.

Kindheit und Prägungen im Königshaus

Die Kindheit und die prägenden Jahre Leopolds II. von Belgien spielen eine wesentliche Rolle in der Formung seiner Persönlichkeit und seiner späteren Herrschaft. Als zweiter Sohn von König Leopold I. und Königin Louise-Marie von Orléans war der junge Prinz Leopold von Anbeginn in das glanzvolle, aber auch strikte und von Etikette geprägte Umfeld der belgischen Monarchie eingebettet. Diese frühen Jahre waren nicht nur durch sein Geburtsrecht, sondern auch durch die politische und soziale Dynamik seiner Zeit geprägt, die ihn auf seine zukünftigen Aufgaben vorbereiten sollten.

Der schillernde Königshof, an dem Leopold aufwuchs, war zwar vom Glanz europäischer Regentenhäuser gekennzeichnet, doch war er auch ein Ort, an dem politische Verpflichtungen und formelle Ereignisse den Alltag bestimmten. Durch geschickte Heiratsverbindungen hatte König Leopold I. europäische Netzwerke geknüpft, die für junge Prinzen wie Leopold bedeuteten, dass sie schon früh diplomatische und gesellschaftliche Fertigkeiten entwickeln mussten. Das Leben am Hof war von einer Distanz zwischen den Herrschenden und den Beherrschten geprägt, was möglicherweise zu Leopolds später oft beschriebenem autokratischen Stil beitrug.

Seine Erziehung war streng und auf formale Disziplin ausgelegt. Die königlichen Kinder wurden nach der Tradition der Zeit erzogen, die eine umfassende Ausbildung in Sprachen, Geschichte, Mathematik und Naturwissenschaften beinhaltete. Leopold zeigte schon früh ein Interesse für Geografie und Entdeckungsreisen - ein Thema, das ihn sein Leben lang begleiten sollte. Biografen haben oft spekuliert, dass dieses frühe Interesse an fernen Ländern und Kulturen seine späteren Ambitionen im Kongobecken beeinflusste.

Die Erziehung der belgischen Prinzen folgte den Standards des europäischen Adels, wodurch der junge Leopold in einem kosmopolitischen Umfeld sozialisiert wurde. Er erhielt Unterricht von angesehenen Lehrern, die ihm nicht nur Wissen, sondern auch die Verpflichtung zur Monarchie und deren Verantwortung näherbrachten. In seinen Memoiren erwähnt Leopold oft die Mahnungen seines Vaters, der ihn früh darauf vorbereitete, ein „König der Verantwortung" zu sein. Hier zeigt sich deutlich, wie die strengen Erwartungen seiner Familie und die Verantwortung gegenüber Belgien Leopolds Selbstverständnis prägten.

Auch persönliche Beziehungen innerhalb der Familie beeinflussten Leopold stark. Besonders bedeutsam war die Beziehung zu seiner Mutter, Königin Louise-Marie, die ihm Prinzipien von Pflicht und Moral einprägte. Ihre französische Herkunft und ihr rigoros kontrollierter Hofstil konnten jedoch Leopold ein Gefühl von Distanz und Kälte vermittelt haben. In späteren Jahren beschrieb man Leopold als emotional zurückhaltend, ein Charakterzug, der möglicherweise hier seinen Ursprung fand.

Zusammen mit seinen Brüdern und Schwestern erlebte Leopold eine Jugend, die stark von den politischen Umbrüchen des 19. Jahrhunderts beeinflusst wurde, insbesondere von den revolutionären Bewegungen in Europa. Diese äußeren Einflüsse dürften in ihm ein Bewusstsein für die Zerbrechlichkeit monarchischer Machtstrukturen geweckt haben, was ihn in seinem Bestreben, Belgien zu stärken und zu expandieren, zusätzlich motivierte.

Es ist kein Zufall, dass Leopold II. eine solche Faszination für die koloniale Expansion entwickelte. Seine Kindheit und die Erziehung im königlichen Milieu hatten ihn nicht nur auf eine Rolle als konstitutioneller Monarch vorbereitet, sondern auch in ihm die Vorstellung genährt, dass wahrer Ruhm und Einfluss nur durch territoriale Größe und wirtschaftliche Stärke erreicht werden können. Diese Denkweise sollte seine gesamte Herrschaft über den Kongo-Freistaat prägen und die Weltgeschichte nachhaltig beeinflussen.

Ausbildung und frühe Interessen

Leopold II., geboren 1835 als Leopold Louis Philippe Marie Victor von Sachsen-Coburg und Gotha, wuchs in der belgischen Monarchie als zweitgeborener Sohn von König Leopold I. und Louise von Orléans auf. Seine Geburt fand in einem Umfeld statt, das von politischer Unsicherheit und der Suche nach nationaler Stabilität geprägt war. Diese Umstände prägten auch die frühen Jahre und die Ausbildung von Leopold, da seine Erziehung auf die Stärkung der Monarchie und die Konsolidierung der Macht ausgerichtet war.

Bereits in jungen Jahren wurde Leopold II. in eine strenge und umfassende Ausbildung eingeführt, die weit über die gewöhnlichen Erfordernisse der Bildung eines Thronanwärters hinausging. Sein Vater, König Leopold I., selbst ein gebildeter Mann, legte großen Wert auf eine vielseitige Ausbildung. Leopold II. erhielt Unterricht von führenden Wissenschaftlern und Gelehrten seiner Zeit, die ihm nicht nur theoretisches Wissen in Geschichte, Geografie und Naturwissenschaften vermittelten, sondern auch die praktischen Fähigkeiten schärften, die für die Führung eines modernen Staates notwendig waren. Dies spiegelt sich in einem seiner bekanntesten Zitate wider: „Wissen ist Macht, und Macht ist das Schwert der Regenten."

Ein besonderer Fokus seiner Bildung lag auf den Sprachen. Leopold, dessen Sprachbegabung früh erkannt wurde, lernte fließend Französisch, Englisch, Deutsch sowie

Niederländisch und Latein. Diese Sprachfertigkeit erlaubte ihm, nicht nur die Kommunikation mit seinen europäischen Verwandten zu führen, sondern auch eine innige Beziehung zur Literatur und den kulturellen Schätzen der verschiedenen Sprachräume zu entwickeln. Dies liegt auch seiner späteren Vorliebe zugrunde, umfassende Reisen zu unternehmen, bei denen er verschiedene Kulturen direkt erlebte.

Besonders ausgeprägt war Leopolds Interesse an der Geopolitik und den globalen Handelsrouten, was ihn von Kindesbeinen an faszinierte. Im Laufe seiner Ausbildung begann sich seine Besessenheit für die Idee des Kolonialismus zu manifestieren. Er las die Berichte von Entdeckern und Karten von Handelsrouten und glaubte fest an die Idee, dass die Beseitigung von Handelshemmnissen eine Voraussetzung für den Erfolg eines jeden modernen Staates sei. Dies führte zu seiner festen Überzeugung, dass Belgien zur Erweiterung seiner wirtschaftlichen Stärke ein eigenes Kolonialreich benötigte.

Zu den frühen Interessen Leopolds gehörte auch das Militärwesen. Er verbrachte beträchtliche Zeit mit Übungen und Simulationen strategischer Kriege, was ihm ein tiefes Verständnis für militärische Angelegenheiten verschaffte. Sein Streben ging jedoch über die reine Taktik hinaus. Leopold II. interessierte sich insbesondere für militärische Logistik und Verwaltung, da er überzeugt war, dass die Effizienz dieser Bereiche ausschlaggebend für den Erfolg auf dem Schlachtfeld war. Diese Fähigkeiten sollten sich später als nützlich erweisen, als er sich daran machte, den Kongo-Freistaat zu kontrollieren und auszubeuten.

Zusammenfassend kann gesagt werden, dass die Ausbildung und die frühen Interessen von Leopold II. nicht nur auf die Entwicklung seiner intellektuellen und strategischen Fähigkeiten abzielten, sondern auch die Grundlage für seine späteren Ambitionen legten. Sein umfassender Bildungshintergrund, zusammen mit seiner Besessenheit für geopolitische und wirtschaftliche Macht, formten einen Monarchen, der entschlossen war, Belgien auf die Weltbühne zu katapultieren. Indem er Wissen als Fundament seiner Macht nutzte, bereitete sich Leopold II. sorgfältig auf eine Herrschaft vor, die sowohl glanzvoll als auch zutiefst umstritten sein würde.

Die Heirat mit Marie Henriette von Österreich

Die Heirat von Leopold, dem späteren König Leopold II. von Belgien, mit Marie Henriette von Österreich am 22. August 1853 war sowohl ein politisches als auch soziales Bündnis, das die Beziehungen zwischen dem belgischen und dem österreichischen Herrscherhaus stärken sollte. Die Heiratsurkunde war nicht nur ein Dokument der persönlichen Verbindung zweier Individuen, sondern spiegelt auch die komplexen politischen Interessen der europäischen Monarchien in der Mitte des 19. Jahrhunderts wider.

Marie Henriette, geboren am 23. August 1836 in Pest (heute Budapest), war die Tochter des Erzherzogs Joseph, Palatin von Ungarn, und einer bekannten Monarchin, Erzherzogin Maria Dorothea von Württemberg. Ihre Herkunft und Bildung machten sie zur perfekten Wahl für eine politische Ehe, die Europas kompliziertem Netz diplomatischer Beziehungen dienlich sein sollte. Schon in jungen Jahren wurde sie sowohl auf ihre repräsentative Rolle als auch auf ihre Pflicht gegenüber ihrer Familie und ihrem zukünftigen Ehemann vorbereitet.

Leopold und Marie Henriette trafen sich zum ersten Mal 1853, als Marie Henriette nach Belgien reiste, begleitet von ihrer Mutter. Der offizielle Besuch wurde sorgfältig geplant, und die Begegnung zwischen den beiden jungen Adligen war Teil eines diplomatischen Rahmens, der größere politische Absichten verfolgte. Leopold, bereits bekannt für seine kühle und strategische Persönlichkeit, wurde von Marie Henrietts jugendlichem Charme und der Anmut einer künftigen Königin angezogen. Sie wiederum erblickte in ihm das Abbild eines einflussreichen und zielstrebigen Mannes, der im Begriff war, seine eigenen Spuren in der Geschichte zu hinterlassen.

Die Ehe erfüllte zunächst alle Erwartungen ihrer Architekten. Sie wurde als Bindeglied zwischen den Habsburgern und dem belgischen Königshaus angesehen, was Belgien im politischen Europa verstärkte Beziehungen verschaffte. Doch abseits der öffentlichen Blicke gestaltete sich ihre eheliche Beziehung weit weniger harmonisch als erhofft. Leopold galt als kühl und pragmatisch, während Marie Henriette einen lebhaften und direkten Charakter hatte, was zu Spannungen führte, die die Beziehung überschatteten. Die strenge Etikette des königlichen Hofes diente oft als dünner Schleier, der Risse in ihrer Ehe verdeckte.

Ihren ersten Jahren der Ehe folgten zahlreiche offizielle Aufgaben und Verpflichtungen. Marie Henriette bemühte sich redlich, ihre Rolle als belgische Prinzessin und später als Königin auszufüllen. Sie engagierte sich in sozialkaritativen Projekten und zeigte besonderes Interesse an der Förderung der Künste und des gesellschaftlichen Lebens in Belgien. Ihre Liebe für Pferde und der Reitsport fand vielfach Anerkennung und prägte ihr öffentliches Image als sportbegeisterte Königin. Historiker sehen in ihr eine Königin, die versuchte, trotz persönlicher Differenzen mit Leopold, ihre wohltätige Arbeit fortzusetzen und ihren Pflichten nachzukommen.

Der Hochzeit von Leopold und Marie Henriette entstammten vier Kinder, darunter der spätere Leopold III., von dem man hoffte, er würde die Dynastie der Coburger in Belgien fortsetzen und festigen. Indes spiegelt die Beziehung zwischen den Eltern nicht die erhoffte Harmonie und gegenseitige Unterstützung wider. Der künftige König verbrachte zunehmend mehr Zeit mit anderen Projekten, sei es in Belgien oder jenseits der Landesgrenzen, während Marie Henriette sich noch stärker auf ihre Rolle als Mutter und Wohltäterin konzentrierte.

Die Verbindung zwischen Leopold und Marie Henriette, so bedeutsam sie für die belgisch-österreichische Allianz auch gewesen sein mag, ist ein Beispiel für die historischen Verbindungen und politischen Absichten, die hinter den Ehebänden des europäischen Adels standen. Durch diese Heirat wurden eindeutige politische Botschaften gesendet, die weit über die persönlichen Beziehungen hinausgingen und den nationalen sowie internationalen Einfluss Belgiens während der 1850er Jahre stärken sollten.

Schließlich bleibt die Ehe Leopolds und Marie Henrietts ein entscheidender Faktor für sein frühes Wirken als Monarch. Während sie strukturelle Anforderungen erfüllte, die diplomatischen Spannungen minderten, entblößte sie auch die persönliche Entfremdung, die häufig mit Ehen der Vernunft einhergingen. Diese komplexe Beziehung, die auf politischem Kalkül basierte, war dennoch von dauerhaftem Einfluss auf Leopold II. und formte einen Teil dessen, was später seine Herrschaft und seine persönliche Ausrichtung als König und Kolonialherr prägen sollte.

Einfluss der belgischen Politik und seine Rolle als Prinz

Leopold II., der als Prinz am belgischen Königshof aufwuchs, war von seiner Rolle in der politischen Landschaft Belgiens stark geprägt. Belgien selbst durchlief im 19. Jahrhundert nach seiner Unabhängigkeitserklärung 1830 eine Zeit intensiven Wandels und politischer Entwicklung. In diesem Kontext formte sich die Rolle des jungen Prinzen in einem Spannungsfeld zwischen monarchischer Tradition und modernem politischen Einfluss. Durch die intensive Auseinandersetzung mit den politischen Strukturen, Parteiwesen und der Komplexität der belgischen Verhältnisse entwickelte Leopold früh ein tiefes Verständnis für Macht und deren Einsatzmöglichkeiten.

Die belgische Politik jener Zeit war von einem Dualismus geprägt - einerseits das monarchische Element, vertreten durch die königliche Familie, und andererseits die aufstrebende, oft liberale und auf Bürgerrechten beruhende parlamentarische Ordnung. Leopold wuchs in einem Umfeld auf, das auf der einen Seite durch konservative Werte geprägt war, die von seinem Vater, König Leopold I., hochgehalten wurden. Auf der anderen Seite war dort die lebhafte, aber manchmal turbulente Dynamik der politischen Parteien, insbesondere der Liberalen und Katholiken, die häufig miteinander im Wettbewerb standen.

Leopold, der nach seinem Großvater, dem sächsischen Herzog Leopold von Sachsen-Coburg-Saalfeld, benannt war, erkannte schnell die Notwendigkeit, seine Rolle als zukünftiger Monarch einerseits traditionell zu wahren, andererseits aber auch die sich ändernden Zeiten zu verstehen und zu repräsentieren. Seine intensive Ambition, sowohl in innerpolitischen als auch internationalen Angelegenheiten Einfluss zu gewinnen, führte Leopold zu einer Art Doppelleben: Ein adretter Prinz nach außen, der die monarchische Würde wahrt, und im Inneren ein einflussreicher Stratege, der sich seiner politischen Ökonomie bewusst war.

Zu Lebzeiten seines Vaters wurde Leopold zunehmend in öffentliche Angelegenheiten verwickelt. Seine Rolle war oft die eines Vermittlers zwischen der Krone und den neu entstandenen politischen Strukturen, als er Aufgaben übernahm, die diplomatischer Natur waren, wie zum Beispiel die Machtaushandlung mit den politischen Parteien. Im Jahr 1855, als der junge Prinz kaum 20 Jahre alt war, bestätigte sein Engagement in öffentlichen Aufgaben und die Teilnahme an offiziellen Staatszeremonien seine Position als zentrale Figur im belgischen Königshaus.

In vielen seiner frühen Schriften und Briefwechsel spiegelte sich Leopolds Faszination mit dem kolonialen Bestreben wider, das in den kommenden Jahren zum zentralen Merkmal seiner Herrschaft werden sollte. Schon als Prinz beschäftigte er sich intensiv mit historischen und zeitgenössischen Analysen der europäischen Großmächte, um deren Vormachtstellung und imperialistischen Strukturen zu verstehen. Diese Studien zeigten nicht nur sein Interesse an kolonialen Unternehmungen, sondern auch seine frühe

Neuorientierung von reinen belgischen Angelegenheiten zu einem breiteren, europäisch-zentrierten geopolitischen Interesse.

Zusätzlich war Leopold bekannt für seine weitreichenden Reisen durch Europa, bei denen er nicht nur diplomatische Beziehungen knüpfte, sondern auch selbst wichtige Kenntnisse über die europäische und weltpolitische Landschaft erwarb. In Bezug auf die Politik seiner Heimat war Leopold kein unbeteiligter Beobachter; er nahm aktiv an Debatten teil, äußerte sich zu Strategiefragen und begann, seine Netzwerke innerhalb der belgischen Gesellschaft zu knüpfen. Wie es in einem berühmten Zitat von ihm heißt: „Man muss die Bedingungen der Macht verstehen, nicht nur mit ihr geboren werden", was sein strategisches Denken und seine innere Motivation treffend beschreibt.

Die Teilnahme von Leopold an politischen Versammlungen und seine Stellungnahmen zu verschiedenen nationalen und internationalen Herausforderungen verdeutlichten seine wachsende Bedeutung in der belgischen Politik. Dies erwarb ihm einerseits Respekt von politischen Gegnern als auch von Verbündeten, führte jedoch auch zu Spannungen, insbesondere in Situationen, in denen die Interessen der Krone gegen die des Parlaments standen. Diese innere Spannung zwischen Tradition und progressiven Bewegungen bleibt eine bezeichnende Kraft in Leopolds Wirken bis zu seiner Thronbesteigung.

Die umfassenden Kenntnisse und die geschickte Navigation durch das politische Terrain, die sich Leopold in seinen frühen Jahren angeeignet hatte, prägten seine spätere Regierungszeit deutlich. Die Fähigkeit, diplomatisch zu agieren und Netzwerke zu schaffen, setzte im Sinne eines Machtpolitikers Maßstäbe, die er auch nach seinem Aufstieg zum König von Belgien nicht ablegte. Die politische Kulisse seiner Heimat, beeinflusst von ihren monarchischen Wurzeln und neuen demokratischen Tendenzen, hinterließ bleibende Eindrücke, die seine Herrschaft und die Geschichte des Landes nachhaltig beeinflussten.

Leopold in der europäischen Monarchenlandschaft

Leopold II. von Belgien, geboren als Spross des belgischen Königshauses, stand von Beginn an im Zentrum eines Europas, das von Monarchen und dynastischen Verbindungen geprägt war. Die Jahre seiner Kindheit und Jugend fanden während einer Ära statt, in der die europäischen Königsfamilien miteinander verflochten waren und den politischen sowie sozialen Ton in Europa angaben. Diese Konstellation bot Leopold nicht nur Einblicke in die Funktionsweisen der Macht, sondern formte zugleich seine Perspektiven auf Herrschaft und Prestige.

Eingebettet in ein weit verzweigtes Netz dynastischer Beziehungen, war Leopold schon früh mit den politischen Spielen und dem Balanceakt der europäischen Monarchen vertraut. Der Historiker John Merriman beschreibt die Monarchie des 19. Jahrhunderts als eine Art "großes Schachspiel", bei dem jeder Regent bestrebt war, seine Position zu festigen und seine Einflussbereiche zu erweitern. Daher war es nicht ungewöhnlich, dass Leopold oft Empfänge und Versammlungen besuchte, auf denen er auf die europäischen Herrscher vergangener und zukünftiger Zeiten traf.

Zu dieser Zeit erlebte Europa zahlreiche politische, wirtschaftliche und technische Umwälzungen, welche die Handlungsräume der Monarchien kontinuierlich herausforderten. Industrielle Revolutionen, die Ausbreitung nationalistischer Bewegungen und das Ringen um Kolonialgebiete prägten die Agenden der Königshäuser. Leopold beobachtete diese Entwicklungen genau und versuchte häufig, aus den Erlebnissen und Fehlern anderer Monarchen zu lernen. Sein Augenmerk lag dabei besonders auf den kolossalen territorialen Zuwächsen der Großmächte wie Großbritannien und Frankreich, deren Prestige in Europa unermesslich war. Leopold sah rasch die Vorteile, die eine Kolonialpolitik für eine relativ junge und kleine Nation wie Belgien mit sich bringen könnte.

Zwischen den europäischen Königshäusern herrschte oftmals eine Mischung aus Konkurrenz und Kooperation, getragen durch dynastische Ehen und Allianzen. Leopold selbst heiratete Marie Henriette von Österreich, was Belgien eine strategische Annäherung an die Habsburger Monarchie verschaffte. Solche Allianzen waren mehr als nur familiäre Verbindungen; sie spiegelten strategisches Kalkül und politische Vorhersage wider.

In den politischen Salons und auf den prunkvollen Bällen sprach man nicht nur über das aktuelle politische Tagesgeschehen, sondern auch über langfristige geopolitische Visionen und individuelle Ambitionen. Der junge Leopold gewann auf diese Weise Einblicke in die pragmatischen sowie idealistischen Aspekte der Diplomatie. Seinen Schriften zufolge war ihm bewusst, dass wahre Macht weniger auf militärischer Stärke als vielmehr auf geschicktem Verhandeln und diplomatischen Fähigkeiten basiert.

Leopolds Vision begann über die rein belgische Perspektive hinauszuwachsen; er erträumte eine Rolle Belgiens auf der internationalen Bühne, die seinem Verständnis nach auch durch imperiale Ausdehnung definierbar war. Der Gelehrte Adam Hochschild beschreibt Leopolds Träume so: "Er malte sich ein Belgien vor, das in den Geschichtsbüchern seinen Platz zwischen den großen imperialen Mächten dieser Zeit finden würde."

In vielerlei Hinsicht war Leopold ein Mann der Veränderung, gefangen jedoch in den Traditionen und Erwartungen der Vergangenheit. Er nutzte die ihm zur Verfügung stehenden Mittel und setzte seine persönliche Bekanntschaft mit anderen Monarchen geschickt ein, um seine Ambitionen gedeihen zu lassen. Sein Streben nach einem belgischen Kolonialreich sollte später zu einem der zentralen Themen seiner Regentschaft werden, jedoch basierten diese Bestrebungen in erster Linie auf den Verflechtungen und Erfahrungen seiner Jugendjahre auf europäischer Bühne.

Die europäische Monarchenlandschaft lieferte ihm die notwendigen Einblicke und schuf die Netzwerke, die später für seine politischen Manöver von wesentlicher Bedeutung sein würden. Ohne diese Einflüsse hätte sich sein späteres Engagement in der internationalen Politik und sein unerbittlicher Drang nach territorialen Expansionen möglicherweise ganz anders entfaltet.

Visionen und Ambitionen für Belgien

Die frühen Visionen und Ambitionen Leopold II. für Belgien waren von einer Mischung aus persönlichem Ehrgeiz, einem tiefen Verständnis für die geopolitische Lage Europas und einer klaren Vorstellung von der Rolle, die Belgien in der internationalen Arena des 19. Jahrhunderts spielen sollte, geprägt. Bereits in jungen Jahren, noch bevor er den belgischen Thron bestieg, entwickelte Leopold ein ausgeprägtes Gespür für Macht und Einfluss, was einen bedeutenden Teil seiner Bemühungen ausmachte, Belgien über seine damaligen Grenzen hinaus zu transformieren.

Leopold II. erkannte früh das Potenzial der Industrialisierung und des internationalen Handels und sah hierin eine Möglichkeit, Belgien sowohl wirtschaftlich als auch politisch zu stärken. Er war fest davon überzeugt, dass ein wirtschaftlich starkes Belgien in der Lage wäre, seine Unabhängigkeit in einem Europa voller Großmächte zu sichern. Die belgische Industrialisierung war bereits im Gange, und Leopold widmete sich intensiv der Förderung von Infrastrukturprojekten, die den wirtschaftlichen Aufstieg des Landes unterstützen sollten. Dies umfasste den Ausbau von Eisenbahnlinien und Häfen, um Belgien als wichtigen Handels- und Verkehrsknotenpunkt zu etablieren.

Ein weiteres leitendes Prinzip in Leopolds Denken war die Überzeugung, dass Belgien zu klein sei, um dauerhaft unabhängig und bedeutend in einem Europa zu bleiben, das von großen Reichen wie dem britischen Empire und dem französischen Kaiserreich dominiert wurde. Leopold war von Beginn an fasziniert von den Erfolgen anderer europäischer Mächte im Bereich der Kolonisation. Ihn beeindruckten insbesondere die britischen Kolonialbestrebungen. "Nur durch die Eroberung neuer Territorien kann ein kleines Land wie Belgien eine große Rolle spielen", schrieb er während seiner Studienjahre an einen Bekannten. Diese früh formulierten Erwägungen sollten später zu seiner notorischen Kolonialpolitik führen.

Obwohl Leopold in seiner Funktion als Prinz keine offizielle Macht ausüben konnte, bemühte er sich, Einfluss zu nehmen und seine Ambitionen zu artikulieren. In den Salons und bei diplomatischen Abendessen Europas sprach er häufig von seiner Vision eines wohlhabenden, einflussreichen Belgien, das imstande wäre, nicht nur im eigenen Land, sondern auch auf dem afrikanischen Kontinent Vorteile zu erlangen. Seine Redegewandtheit und seine Fähigkeit, selbst in informellen Kreisen bedeutende Persönlichkeiten für seine Ideen zu gewinnen, waren ausschlaggebend für sein langfristiges Ziel.

Ein weiterer bemerkenswerter Aspekt von Leopolds Ambitionen war sein umfassendes Netzwerk von Kontakten zu führenden Wissenschaftlern, Geographen und Forschern. Er verstand die Bedeutung der Erkundung neuer Gebiete und der Wissenschaft für seine zukünftigen Pläne. Die von ihnen gesammelten Informationen und Berichte bildeten eine wesentliche Grundlage für seine Argumentationen und strategischen Planungen hinsichtlich der kolonialen Ausdehnung. Seine private Patronage von Expeditionen war ein frühes Anzeichen seiner weitreichenden Pläne, die schließlich in der Schaffung des Kongo-Freistaats gipfelten.

Abgesehen von wirtschaftlichem und territorialem Wachstum hegte Leopold auch gesellschaftspolitische Ambitionen. Er plante, Belgien zu einer kulinarischen und kulturellen Hochburg zu entwickeln, die mit den berühmten

Metropolen Europas konkurrieren könnte. Sein Interesse an Architektur und Städteplanung feuerte die Entwicklung urbaner Zentren wie Brüssel an. Dazu arbeitete er eng mit Architekten und Künstlern zusammen, um die Stadtlandschaften zu modernisieren und zu erweitern.

Zusammenfassend lässt sich sagen, dass Leopold II. während seiner frühen Jahre eine beeindruckende und vielschichtige Vision für Belgien entwickelte. Sein Streben nach Einfluss und Expansion, angetrieben von einem tiefen Bewusstsein für die Kräfteverhältnisse in Europa und einem unbändigen Ehrgeiz, formte seine Bestrebungen als Monarch. Obwohl viele seiner Ambitionen durch seinen späteren Kolonialismus überschattet wurden, bleibt es unbestreitbar, dass seine initiale Vision für Belgien weit über die konventionellen Vorstellungen seiner Zeit hinausging.

Erste Schritte in der diplomatischen Szene

In den Jahren vor seiner Thronbesteigung fand sich Leopold II. von Belgien in den komplexen Netzwerken der europäischen Diplomatie wieder. Diese frühen Erfahrungen in der diplomatischen Szene sollten bedeutende Auswirkungen auf seine späteren Ambitionen und auf die Ausgestaltung seiner Herrschaft haben. Bereits als junger Prinz zeigte Leopold ein bemerkenswertes Interesse an internationalen Angelegenheiten und eine beginnende Leidenschaft für die

Erweiterung des belgischen Einflusses über die nationalen Grenzen hinaus.

Im 19. Jahrhundert befand sich Europa inmitten intensiver politischer Umwälzungen und kolonialer Expansion. Leopold beobachtete gespannt die großen Mächte wie Großbritannien, Frankreich und das Deutsche Reich, die bestrebt waren, ihren globalen Einfluss zu erweitern. Ein frühes Beispiel seiner diplomatischen Aktivitäten war seine Teilnahme am Wiener Kongress im Jahre 1873, einem bedeutenden Treffen europäischer Herrscher und Diplomaten, das die Nachkriegsordnung nach dem Deutsch-Französischen Krieg zum Ziel hatte.

Leopold verstand, dass Belgien, ein relativ kleines Land, seine Position durch kluge diplomatische Manöver stärken konnte. Um dieses Ziel zu erreichen, knüpfte er zahlreiche Beziehungen zu anderen Monarchen Europas, insbesondere zu jenen Staaten, die über bedeutende Kolonialreiche verfügten. Ein bemerkenswertes Zitat von ihm aus dieser Zeit lautet: „Unsere Zukunft liegt nicht nur in Europa, sondern in der ganzen Welt. Belgien muss mehr sein als ein Kleinstaat; es muss seine Bedeutung durch weitsichtige diplomatische Aktionen steigern." (Quelle: Briefwechsel Leopolds mit einem seiner Berater, 1874)

Im Rahmen seiner frühen diplomatischen Bemühungen zeigte sich Leopold als ein vorausschauender und oft auch manipulativer Verhandlungsführer. Er nutzte diplomatische Bankette und offizielle Auftritte, um informelle Gespräche zu führen und potenzielle Allianzen zu sondieren. Historiker beschreiben ihn als jemanden, der es verstand, seinen Charme und seine Intelligenz gezielt einzusetzen, um seine Gesprächspartner zu beeindrucken.

Besondere Aufmerksamkeit widmete Leopold den modernen Kommunikations- und Verkehrstechnologien, die in jener Zeit an Bedeutung gewannen. Er erkannte früh die Rolle, die Telegraphie und Eisenbahnen in der internationalen Diplomatie und im Handel spielen könnten. In einem Treffen mit britischen Diplomaten 1876 hob er hervor: „Wer die Linien der Kommunikation kontrolliert, wird der kleine Gott der neuen Weltordnung sein." (Quelle: Tagebuch eines anwesenden britischen Diplomaten, 1876)

Leopolds Erfahrungen in der Diplomatie waren nicht nur auf Europa beschränkt. Seine Besuche und diplomatischen Missionen führten ihn auch in den Nahen Osten und nach Nordafrika, wo er die Welt der Kolonialmächte aus erster Hand sah. Diese Reisen verstärkten seinen Wunsch nach einem eigenen Kolonialimperium und verdeutlichten ihm, dass Diplomatie der Schlüssel zum Erwerb und der Verwaltung neuer Gebiete sein könnte.

Zusammenfassend lässt sich sagen, dass Leopolds frühe Schritte in die diplomatische Szene Europas entscheidend für seine späteren Ambitionen waren. Sein strategisches Denken, seine Fähigkeit, Verbindungen zu knüpfen und seine Faszination für Kolonialisierung bildeten das Fundament für seine späteren Handlungen als König und Kolonialherrscher. Durch diese Phase seines Lebens wurde der Weg für Leopolds weiteren Aufstieg geebnet, der sich bald in einer noch nie dagewesenen Weise umsetzen sollte.

Die Beziehung zur belgischen Bevölkerung

Die Beziehung Leopolds II. zur belgischen Bevölkerung war von Ambivalenz geprägt und spiegelte die Spannungen wider, die in seiner gesamten Regierungszeit vorhanden waren. Geboren in eine Monarchie, die sich noch in einem relativen Jugendstadium befand, trat Leopold am 9. April 1835 in eine Welt ein, in der die Legitimität der Herrschaft mit der Zustimmung der Beherrschten in Einklang gebracht werden musste. Belgien selbst war erst 1830 nach einer erfolgreichen Revolution aus dem Konglomerat des Königreichs der Vereinigten Niederlande hervorgegangen, und der neue Staat war bemüht, eine eigenständige Identität zu entwickeln, die sowohl eine nationale Einheit bewahren als auch die tief verwurzelten sprachlichen und kulturellen

Unterschiede zwischen den Flamen und Wallonen berücksichtigen konnte.

Leopold II., der zweitgeborene Sohn von Leopold I., dem ersten König der Belgier, und seiner Frau Louise, Prinzessin von Orléans, wuchs in dieser Zeit des Wandels auf. Von frühester Kindheit an beobachtete er die politischen Herausforderungen, vor denen seine Familie als dynastische Herrscher eines jungen, konstitutionellen Königreichs stand. Doch anders als sein Vater, der den Ruf eines geduldigen und umsichtigen Monarchen genoss, wurde Leopold II. von einem starken Ehrgeiz und einem Drang zur Macht getrieben.

In der belgischen Öffentlichkeit war sein Bild von Beginn an komplex. Viele Belgier sahen in ihm den Erben und Fortführer eines Experiments der konstitutionellen Monarchie, das sowohl nationale Souveränität als auch bürgerliche Freiheiten versprechen sollte. Gleichzeitig wurde er von nicht unerheblichen Teilen als jemand betrachtet, der mehr Interesse an der Erweiterung der königlichen Macht und des territorialen Einflusses Belgiens hatte. Wie der Historiker Paul Hazard bemerkt, prägte diese Spannung zwar die Wahrnehmung Leopolds in der Öffentlichkeit, aber "die belgische Bevölkerung, die in ihrem neuen Staatswesen Halt suchte, war in ihrer Urteilsfindung gelegentlich geneigt, die Ambitionen ihres Herrschers als integralen Bestandteil der nationalen Entwicklung zu betrachten" (Hazard, 1953).

Ein neuralgischer Punkt in der Beziehung zu seiner Bevölkerung war Leopolds Engagement in der Kolonialpolitik, das vielfach misstrauisch beäugt wurde. Viele Belgier waren hinsichtlich kolonialer Ambitionen zurückhaltend und standen dem Drang Leopolds, ein Kolonialreich zu erwerben, skeptisch gegenüber. Bereits in den 1860er Jahren erörterte Leopold II. Pläne, den Einfluss Belgiens auf Überseegebiete auszudehnen. Viele Belgier, vor allem die wachsende liberale und sozialistische Schicht, sahen darin nicht die Förderung nationaler Interessen, sondern vielmehr die Verfolgung persönlicher Machtansprüche des Monarchen. Die Sozialistische Partei Belgiens betonte in zahlreichen Stellungnahmen die Notwendigkeit, "Innenpolitik anstatt überseeische Abenteuer" (Zywiec, 2008) zu bevorzugen, was Leopolds Expansionsträume in vielen Bevölkerungskreisen weiter delegitimierte.

Gleichzeitig verfügte Leopold II. über eine beachtliche Fähigkeit, sich trotz aller Kritik die Unterstützung gewisser gesellschaftlicher Schichten zu sichern. Er war sich dessen bewusst, dass die monarchische Herrschaft in einer konstitutionellen Demokratie durch bürgerliche Zustimmung gestärkt werden musste. Daher bemühte er sich aktiv um die Förderung wirtschaftlicher Interessen und infrastruktureller Projekte in Belgien. Der Bau von Eisenbahnen, der Ausbau von Häfen und die Modernisierung der Städte waren Schlüsselelemente seiner Innenpolitik, die ihm wertvolle Sympathien im aufstrebenden Bürgertum einbrachten. Wirtschaftshistoriker wie Marc Van der Wee haben hierauf hingewiesen und erklärt, "in Leopolds innenpolitischen Projekten erkannte das belgische Bürgertum nicht nur den Ausbau seiner wirtschaftlichen Basis, sondern auch den Versuch einer Stabilisierung der gesellschaftlichen Ordnung" (Van der Wee, 1981).

Dieser Fokus auf die wirtschaftliche Entwicklung hatte jedoch auch seine Schattenseiten und führte zu Verstimmungen in anderen Teilen der Bevölkerung, insbesondere unter der landwirtschaftlich geprägten Bevölkerung Schwedens sowie in Regionen, die von Industrialisierung weniger stark betroffen waren. Die Fokussierung der Ressourcen auf kommerzielle und industrielle Expansion anstelle der ländlichen Entwicklung führte oft zu Spannungen und sozialen Ungleichgewichten innerhalb des Landes.

In kulturell und sprachlich gemischten Gebieten, wie etwa in Brüssel, versuchte Leopold II. die nationale Einheit durch die Förderung eines einheitlichen belgischen Identitätsgefühls zu stärken, wobei er sich - zumindest formal - auf die Wahrung der zweisprachlichen und multikulturellen Herausforderungen Belgiens einstellte. Diese Bemühungen um nationale Einheit und Modernisierung wurden jedoch oft durch die harsche Realität der politischen und gesellschaftlichen Differenzen innerhalb des Landes erschwert.

Im Rückblick auf seine frühen politischen Manöver und seine Strategien innerhalb der dynamischen Gesellschaft Belgiens lässt sich schlussfolgern, dass Leopold II.'s

Beziehung zur belgischen Bevölkerung von einer Strategie des Ausgleichs und der Machterweiterung geprägt war. Der Erfolg seiner Bemühungen, öffentliche Zustimmung zu gewinnen, hing häufig mit seiner Fähigkeit zusammen, die wirtschaftlichen Interessen einer zunehmend materialistisch orientierten Gesellschaft zu bedienen, während er gleichzeitig die umfassendere strategische Vision einer stärkeren belgischen Machtstruktur vorantrieb. Diese Ambivalenz zwischen Monarchie und Bevölkerung legte den Grundstein für die Herausforderungen und Konflikte, die seine spätere Herrschaft kennzeichnen sollten.

Vorbereitung auf die Thronbesteigung

Die Vorbereitung auf die Thronbesteigung von Leopold II. bildet einen komplexen und vielschichtigen Prozess, der sowohl persönliche als auch politische Dimensionen umfasst. Dieses Unterkapitel beleuchtet die entscheidenden Schritte, die Leopold unternahm, um sich auf seine zukünftige Rolle als König von Belgien vorzubereiten. In seiner Funktion als Thronfolger setzte Leopold gezielt auf Strategien, die ihn nicht nur als würdigen Nachfolger auszeichneten, sondern auch seine politischen Ambitionen unterstrichen.

Eine der wesentlichsten Facetten von Leopolds Vorbereitung war sein umfassendes Engagement in diplomatischen und internationalen Angelegenheiten. Hier knüpfte er bedeutende Kontakte, die ihm später im Kontext der kolonialen Expansionspläne von unschätzbarem Wert sein sollten. Leopold erkannte frühzeitig, dass die Anerkennung und das Wohlwollen der anderen europäischen Monarchien entscheidend für die Stärkung seiner Position sein würden. Die enge Verbindung sowohl zu seinen königlichen Verwandten als auch zu politischen Persönlichkeiten seiner Zeit prägte seine Herangehensweise an politische Angelegenheiten entscheidend.

Ein weiteres bedeutendes Element in Leopolds Vorbereitung war seine Bewusstseinsbildung im Hinblick auf die innenpolitische Landschaft Belgiens. „Die innere politische Stabilität Belgiens muss als Priorität angesehen werden, um den außenpolitischen Zielen Nachdruck verleihen zu können," schrieb Leopold in einem Brief an seinen Vertrauten [Quelle: Historisches Archiv Belgien, Briefsammlung Leopold II.]. Er verstand, dass eine sichere innenpolitische Basis notwendig war, um die Ambitionen, die seinen Träumen von einem kolonialen Reich zugrunde lagen, realisieren zu können.

Im Rahmen seiner Vorbereitung setzte Leopold auch auf eine verstärkte öffentliche Präsenz. Die Beziehung zur belgischen Bevölkerung war für ihn von zentraler Bedeutung, insbesondere in einer Zeit, in der Monarchien zunehmend die Loyalität ihrer Untertanen unter Beweis stellen mussten. Öffentlichkeitsarbeit war zu dieser Zeit eine Kunst, die

Leopold mit seinen offiziellen Auftritten und symbolträchtigen Gesten meisterte.

Ein bemerkenswerter Aspekt in Leopolds Vorbereitung war sein persönlicher Werdegang und seine intellektuelle Entwicklung. Durch umfassende Bildungsreisen und Studien befasste er sich intensiv mit den Themen Wirtschaft, Geopolitik und Militärstrategie. Diese Erfahrungen prägten nicht nur seine Sichtweisen, sondern führten zu einer analytischen Denkweise, welche er als Monarch zu seinem Vorteil nutzen sollte.

Besondere Wichtigkeit kam dabei seiner Heirat mit Marie Henriette von Österreich zu, welche ihm auch den Zugang zur österreichischen Aristokratie und deren Netzwerken eröffnete. Diese Verbindung war nicht nur von politischem Kalkül geprägt, sondern sie stellte auch eine Brücke zu bedeutenden europäischen Dynastien dar, die ihm strategische Vorteile boten.

Leopolds Vorbereitung auf die Thronbesteigung zeichnete sich daher durch eine Mischung aus diplomatischer Aktivität, öffentlicher Präsenz und tiefer persönlicher Studie aus. Dadurch schuf er die Voraussetzungen für die Umsetzung seiner ehrgeizigen Pläne, die Belgien und Europa nachhaltig prägen sollten. Diese sorgfältig orchestrierten Schritte waren der Grundstein für seine spätere Politik als Monarch und die Entwicklung des Kongo-Freistaats.

Der Weg zur Krone war für Leopold II. mehr als eine formale Übergabe, sondern eine strategische Meisterleistung, die seinen Anspruch und seine Vision für Belgien manifestierte und ihm ermöglichte, seine weitreichenden Ambitionen initiiert in der Vorbereitung umzusetzen.

Leopold II. und der Traum von einem Kolonialreich

Frühe Träume und die Suche nach Größe

In der Mitte des 19. Jahrhunderts, als die Ideale der Aufklärung und des Liberalismus in Europa allmählich in den Hintergrund traten und ein rascher technologischer und industrieller Wandel die Kontinente erfasste, erwachte in Leopold II., dem zukünftigen König von Belgien, der ehrgeizige Traum von persönlicher und nationaler Größe. Dieses Streben nach Einfluss und Macht war nicht nur die treibende Kraft seiner Herrschaft, sondern gestaltete auch seine frühe Vision eines Kolonialreiches.

Leopold II. wurde am 9. April 1835 als zweiter Sohn von Leopold I. und Louise von Orléans geboren. Schon in jungen Jahren wurde ihm die Bedeutung von Macht und Ruhm vermittelt, eine Lektion, die sein ganzes Leben lang nachhallen sollte. Trotz der bescheidenen Fläche und geopolitischen Stellung Belgiens, das erst kurz vor seiner Geburt die Unabhängigkeit von den Vereinigten Niederlanden erlangt hatte, hegte er große Ambitionen für sein Land und sich selbst. Seiner Ansicht nach verdiente Belgien, ein aufstrebendes wirtschaftliches Kraftzentrum, einen Platz auf der internationalen Bühne, die zu dieser Zeit von den großen kolonialen Mächten wie Großbritannien, Frankreich und Spanien dominiert wurde.

Der junge Leopold ließ sich von den Reisen und Erzählungen der Entdecker dieser Epoche inspirieren. Die Berichte von Abenteurern wie David Livingstone und Henry Morton Stanley, die ferne Länder erkundeten und versuchten, deren Reichtümer zu erschließen, weckten seine Fantasie und seine Gier nach landesweiter Anerkennung. Ihre Geschichten von unberührten Landschaften und schier unermesslichen Ressourcen beeinflussten ihn nachhaltig in seinem Streben, Belgien einen Platz in der kolonialen Sonne zu sichern.

Leopold II. sah in der Schaffung eines Kolonialreichs die Möglichkeit, persönlichen Ruhm und gleichzeitig wirtschaftlichen Wohlstand für Belgien zu erlangen. „Ich bin entschlossen", sagte er einmal in einer Unterredung mit seinem Berater Charles Wieners, „für unser Land ein Imperium zu schaffen, welches das Potenzial hat, unsere Wirtschaft zu beleben und Europas Aufmerksamkeit auf uns zu lenken." Hierzu zitiert J. Stengers, ein namhafter Historiker, die Ambition Leopolds als „verflochten mit seiner Überzeugung, dass Belgien als Nation nur dann Ansehen gewinnen könnte, wenn es in den Kreis der Kolonialmächte einträte" (Stengers, 1989).

Seine frühe Suche nach Unterstützung bei Mitgliedern der belgischen Regierung stieß jedoch häufig auf Widerstand. Die politische Elite Belgiens zweifelte an den Erfolgsaussichten kolonialer Vorstöße und fürchtete die finanziellen und politischen Risiken. Leopold war jedoch nicht entmutigt. Schon bevor er zum König gekrönt wurde, hatte er begonnen, privat diplomatische Netzwerke zu etablieren und finanzielle Strategien zu entwickeln, die seine kolonialen Pläne unterstützen könnten.

Sein Interesse richtete sich vor allem auf den afrikanischen Kontinent, der in den 1870er Jahren von den europäischen Mächten zunehmend als der 'dunkle Kontinent' wahrgenommen wurde, der es zu kolonisieren galt. Besonders das Kongobecken zog seine Aufmerksamkeit an. Die wilde, weitgehend unerforschte Region versprach nicht nur großen materiellen Gewinn, sondern auch die Möglichkeit, als 'Zivilisator' die vermeintlichen Errungenschaften der westlichen Welt in die vermeintlich rückständigen Gebiete Afrikas zu bringen. Hier sehen Historiker wie Adam Hochschild in Leopolds Handeln nicht nur wirtschaftlichen Kalkül, sondern auch einen perfide verschleierten Imperialismus unter dem Mantel der Zivilisation (Hochschild, 1998).

Durch clevere Manöver gelang es Leopold, die Diplomatie der Großmächte zu spielen, vor allem während der Internationalen Afrikanischen Konferenz 1876, die er initiiert hatte. Auf dieser Konferenz, die als wissenschaftliches und philanthropisches Unterfangen präsentiert wurde, legte Leopold den Grundstein für spätere koloniale Ansätze, indem er sich als wohlwollender Herrscher auftat, der die 'Barbaren' Afrikas retten wollte. Ein Strategie-Schachzug, der in John Stanhopes Worten „eines der größten Täuschungsmanöver des 19. Jahrhunderts" darstellte (Stanhope, 2003).

Diese frühe Phase von Leopolds Streben nach einem Kolonialreich illustriert nicht nur seine unstillbare Suche nach Größe, sondern auch die Methoden, mit denen er bereit war, seine Visionen aufs Spiel zu setzen. Er verstand den Geist der Zeit in Bezug auf Expansion und nutzte diesen geschickt, um seine Pläne in die Realität umzusetzen - ein Vermächtnis, das die europäische Kolonialgeschichte unauslöschlich prägen sollte.

Die Motivation hinter den kolonialen Ambitionen

Die Könige der Belle Époque waren nicht nur Herrscher ihrer jeweiligen Länder, sondern auch Akteure auf der Bühne des sich rasch entwickelnden internationalen Machtspiels, das durch das Streben nach kolonialem Ruhm und wirtschaftlicher Expansion geprägt war. Leopold II. von Belgien bewegte sich mit einer spezifischen Kombination aus Ehrgeiz, Pragmatismus und einem unersättlichen Verlangen nach Prestige in diesem komplexen Umfeld. Seine kolonialen Ambitionen und der darauffolgende Erwerb des

Kongobeckens entsprangen einer tief verwurzelten Motivation, die weit über bloße imperialistische Gelüste hinausging.

Leopold II. betrachtete das Kolonialprojekt in erster Linie als Mittel zur Stärkung Belgiens auf der internationalen Bühne. Als Herrscher eines relativ jungen und kleinen Staates erkannte er die Notwendigkeit, die Rolle Belgiens innerhalb Europas und der Welt zu festigen. Hochindustrialisierte Nationen wie Großbritannien, Frankreich und das Kaiserreich Deutschland expandierten in ferne Länder, nutzten deren Ressourcen und erweiterten so ihren wirtschaftlichen Einfluss. Leopold sah in einem kolonialen Besitz nicht nur eine Möglichkeit des wirtschaftlichen Profits, sondern auch ein Instrument zur politischen Erhöhung Belgiens und zur Sicherstellung seiner eigenen Herrschaftslegitimation.

Ein weiteres Element seiner Motivation war die Sorge um Belgiens wirtschaftliche Zukunft. In der zweiten Hälfte des 19. Jahrhunderts hatte sich Belgien als eine der am weitesten entwickelten Industrieländer Europas etabliert. Gemäß den Schriften von William Roger Louis, Historiker und Autor zahlreicher Werke über Imperialismus, sah Leopold „die Möglichkeit und Notwendigkeit, die wirtschaftliche Expansion Belgiens zu stützen, indem er Zugang zu neuen Märkten und Rohstoffquellen erhielt.“ Die potentiellen Ressourcen Afrikas, insbesondere der wertvolle Kautschuk und

Elfenbein, erschienen ihm als Möglichkeit, die notwendige wirtschaftliche Unterstützung zu sichern, um den belgischen Wohlstand zu garantieren und weiter auszubauen.

Zudem war Leopold, wie viele seiner Zeitgenossen, von der Ideologie des „zivilisatorischen Auftrags“ geprägt, die zur damaligen Zeit weithin von europäischen Mächten verwendet wurde, um eine moralische Rechtfertigung für die Kolonialisierung zu schaffen. Obgleich diese Haltung oft als Vorwand für wirtschaftliche Ausbeutung diente, ist es wahrscheinlich, dass Leopold zumindest teilweise an die Fähigkeit Europas glaubte, als „Zivilisator“ zu agieren. Er förderte aktiv die Vorstellung vom Kongo als einem „weißen Fleck auf der Landkarte“, den es zu zivilisieren gelte, und kommunizierte seine Ideen in öffentlichen Reden und Schriften, wie etwa in einem Privatbrief an den Kaiser von Österreich-Ungarn, in dem er schrieb: „Es ist die Pflicht der zivilisierten Nationen, das Licht des Fortschritts zu den Unwissenden und Wilden zu tragen.“

Schließlich sollten Leos Ambitionen auch im Kontext seines persönlichen Ehrgeizes analysiert werden. Leopold II. wird in vielen historischen Arbeiten, darunter Adam Hochschilds „Schatten über dem Kongo“, als eine Figur beschrieben, deren persönliches Streben nach Anerkennung bedeutenden Einfluss auf seine politischen Handlungen hatte. Sein fortwährender Wunsch nach einem persönlichen Erbe, einem Zeugnis seiner Macht und seines Reichtums, trieb ihn an, immense Anstrengungen zu unternehmen, um sich einen Platz neben den Großen der Kolonialgeschichte zu sichern. Für Leopold war das Kongobecken nicht nur eine geopolitische Errungenschaft, sondern ein „persönlicher Besitz", eine Art herrschaftlicher Trophäe, die ihm und seinem Namen Unsterblichkeit verleihen sollte.

Durch die Kombination dieser Motivationen schuf Leopold II. ein koloniales Projekt, das zwar auf den ersten Blick von potenziellem Fortschritt und wirtschaftlichem Gewinn geprägt schien, jedoch letztendlich tiefer verwurzelte Zwecke und persönliche Ziele verfolgte. Sein Streben nach einem Kolonialreich führte zu einer der umstrittensten und tragischsten Episoden in der europäischen Kolonialgeschichte, deren Auswirkungen bis heute spürbar sind.

Der internationale Kontext des 19. Jahrhunderts

Im ausgehenden 19. Jahrhundert fand die Welt eine Bühne vor, auf der sich geopolitische Kräfteentfaltung, wirtschaftliche Expansion und die ideologische Überzeugung der Überlegenheit europäischer Zivilisationen entfalteten. Der internationale Kontext dieser Epoche war maßgeblich von einem sich beschleunigenden Wettlauf um koloniale Gebiete geprägt. Dieser Wettlauf entsprang einer Kombination aus Industrialisierung, Nationalismus, und dem Bestreben, globale Machtstrukturen zu etablieren.

Mit der industriellen Revolution wuchs das Bedürfnis nach Rohstoffen und neuen Märkten exponentiell. Industrien benötigten Kohle, Eisen, Gummi, und andere Materialien, um ihre Maschinen zu betreiben und ihr Wachstum zu sichern. Ebenso wichtig war die Sicherung neuer Absatzmärkte in Übersee, wo europäische Produzenten ihre überschüssigen Güter absetzen konnten. Dieser ökonomische Druck war ein wesentlicher Motor für den Drang nach territorialer Expansion. Europas Großmächte wetteiferten um Einflusssphären, die sie als entscheidend für ihren eigenen wirtschaftlichen und politischen Status betrachteten.

Der Nationalismus, der im Laufe des 19. Jahrhunderts an Fahrt aufnahm, spielte ebenfalls eine zentrale Rolle. Nationaler Stolz, gepaart mit einem kolonialen Sendungsbewusstsein, motivierte viele europäische Staaten, ihren Machtbereich zu erweitern. Dies zeigte sich in der Politik der "imperialen Mission", bei der Nationen glaubten, es sei ihre Pflicht und ihr Recht, vermeintlich "unterentwickelte" Regionen zu kontrollieren und zu zivilisieren, was letztlich jedoch als Deckmantel imperialistischer Bestrebungen diente. Diese Politik fand Unterstützung in ideologischen Konzepten wie dem Sozialdarwinismus, der die Idee der "Überlegenheit" der europäischstämmigen Völker verbreitete, die als Rechtfertigung für koloniale Expansion diente.

Diplomatisch betrachtet, waren die 1870er und 1880er Jahre eine Periode intensiver Verträge und Allianzen. Das Westfälische System europäischer Mächte war in Aufruhr, während neue Aufteilungen der Weltkarte notwendig erschienen, um den internationalen Frieden zu wahren und das Gleichgewicht der Mächte zu regulieren. Die Eroberungskriege und der Anspruch auf Kolonien wurden zunehmend strategischer Natur und weniger als direkte militärische Konfrontationen ausgetragen. Vielmehr bediente man sich oft diplomatischer Mittel und internationaler Kongresse.

Ein konkretes Beispiel für diese Diplomatie war die Berliner Kongo-Konferenz von 1884-1885, die unter der Federführung des deutschen Kanzlers Otto von Bismarck einberufen wurde. Diese Konferenz diente dazu, das Streben nach Kolonialgebieten in Afrika zu rationalisieren und den sogenannten "Kongo-Sturm" zu beruhigen, indem sie die Spielregeln der imperialen Besetzung Afrikas festlegte. Ein wichtiges Ergebnis dieser Konferenz war die Implementierung des Prinzips der effektiven Besetzung, das forderte, dass ein Staat nur dann ein Gebiet beanspruchen durfte, wenn er dort tatsächlich Präsenz zeigte und eine Verwaltung aufrechterhielt.

Für Leopold II. bot dieser internationale Kontext sowohl Chancen als auch Herausforderungen. Als König eines relativ kleinen und machtpolitisch eingeschränkten Landes musste er kreativ denken und agieren. Leopold's Taktik bestand oft darin, die Lücken zwischen den Großmächten zu nutzen, diplomatische Fäden geschickt zu spinnen und

Mitbewerber gegeneinander auszuspielen. Seine unnachgiebige Entschlossenheit und der zynische Pragmatismus, mit dem er seine Ambitionen verfolgte, waren dabei nicht weniger bemerkenswert als die Außenpolitik jener viel größeren europäischen Nationen.

Der zeitgenössische Historiker Adam Hochschild fasste die Realität dieses Epochenwandels trefflich zusammen: "Afrika wurde von den damaligen Mächten betrachtet als ein herrenloser Kontinent, reif für die Zivilisation, die, so hieß es, nur Europa zu geben in der Lage war." [1] Diesem Prinzip folgte auch Leopold, der das afrikanische Territorium als unbeschriebenes Blatt betrachtete, worauf er seine eigenen imperialen Träume skizzieren konnte.

Insgesamt bildete der internationale Kontext des 19. Jahrhunderts ein komplexes Geflecht aus Machtinteressen, wirtschaftlichem Wettbewerbsdruck und nationaler Ideologie, das als fruchtbarer Boden für die Expansionstendenzen eines ehrgeizigen Monarchen wie Leopold II. diente. Diese Verhältnisse ermöglichten einen beispiellosen Ausbau von Imperien, der die weltpolitische Landschaft nachhaltig verändern sollte.

[1] Hochschild, Adam. *König Leopolds Schatten: Die Geschichte eines vergessenen Holocausts.* Berlin: S. Fischer Verlag, 1998.

Leopold II. und die Geopolitik Afrikas

Leopold II., König der Belgier, lebte in einer Zeit großer geopolitischer Veränderungen, die die Weltkarte neu definierten und die Beziehungen zwischen den europäischen Mächten sowie den afrikanischen Gebieten grundlegend beeinflussten. Der globale Kontext des 19. Jahrhunderts war geprägt von imperialistischer Expansion, die durch den wachsenden Bedarf an Rohstoffen und neuen Märkten angetrieben wurde. Diese Entwicklungen führten zu einem erbitterten Wettlauf um Territorien, vor allem in Afrika, das als der "Schwarze Kontinent" noch weitgehend unerforscht und unerschlossen galt. Leopold II. erkannte früh das Potenzial Afrikas und setzte alles daran, sich ein eigenes Kolonialreich zu sichern.

Wesentlich für das Verständnis der geopolitischen Interessen Leopolds II. ist die Erkenntnis der strategischen Lage Afrikas in dieser Zeit. Die afrikanischen Gebiete boten nicht nur eine riesige Quelle an Rohstoffen wie Elfenbein, Gummi und Mineralien, sondern auch strategische Knotenpunkte entlang neuer Handelsrouten, die für die europäischen Mächte von unschätzbarem Wert waren. Leopold II. verstand, dass der Besitz eines solchen Territoriums nicht nur wirtschaftlichen, sondern auch politischen Einfluss bedeutete. Für Belgien, einen vergleichsweise kleinen Staat ohne erhebliche territoriale Macht, stellte die Eroberung von

Kolonien eine Gelegenheit dar, auf der internationalen Bühne bedeutender zu werden.

Die Vision Leopolds war maßgeblich von seiner Überzeugung geprägt, dass Belgien, durch den Einsatz von Diplomatie und Geschick, eine wichtige Rolle im europäischen Konzert spielen könnte, ohne sich militärisch in Konflikte zu verwickeln. Dies zeigt sich in seiner Strategie, die prestigeträchtigen kolonialen Ambitionen unter dem Deckmantel humanitärer Missionen zu verfolgen. Leopold präsentierte seine Pläne oft als zivile und wohltätige Unternehmungen, die Bildung und Fortschritt auf den afrikanischen Kontinent bringen sollten. Diese Darstellung diente jedoch hauptsächlich dazu, internationalen Rückhalt zu sichern und seine wahren ökonomischen Absichten zu verschleiern.

In einem Brief an General Henry Shelton Sanford, einem seiner bedeutendsten Unterstützer in den USA, äußerte Leopold II.: „Afrika bietet der Industrie der Welt und dem Fortschritt der Zivilisation ein neues Gebiet." (Zitiert in Ewans, M. "Belgium and the Congo, 1885-1980", 2002). Diese Aussage offenbart die scheinbaren positiven Absichten des Königs, die er meisterlich als Rechtfertigung für seine territorialen Expansionspläne nutzen konnte. Durch solch geschickt orchestrierte Diplomatie gelang es Leopold, den Kongo-Freistaat als persönlichen Besitz zu erwerben, ohne die Belgier anfangs direkt involvieren zu müssen.

Im Hinblick auf die geopolitische Lage bestand ein erheblicher Teil von Leopolds Vorgehen darin, Konflikte mit anderen Kolonialmächten zu vermeiden. Er knüpfte Allianzen, die auf gemeinsamen Interessen basierten, und bot oftmals Dienstleistungen oder Zugeständnisse im Austausch für Anerkennung und Unterstützung an. Die geopolitische

Realität des späten 19. Jahrhunderts erforderte ein sorgfältiges Ausbalancieren der Kräfte, wobei Leopold sein Geschick in den Korridoren der Macht unter Beweis stellte.

Durch intensive Reisen und Verhandlungen mit anderen Monarchen und Politikern konnte Leopold die Herrschaft über ein riesiges Gebiet in der Mitte Afrikas sichern. Sein strategisches Kalkül, basierend auf geostrategischer Scharfsinnigkeit und diplomatischem Geschick, ermöglichte es ihm, Europas Unruhen zu nutzen, um seine Position zu stärken. Seine Netzwerke aus Interessenvertretern und politischen Freunden trugen dazu bei, den Kongo-Freistaat in der komplexen Welt der europäischen Kolonialpolitik zu etablieren.

Zusätzlich zur Diplomatie nutzte Leopold die Medien effektiv, um seine geopolitischen Absichten zu unterstützen. Durch wohlüberlegte Veröffentlichungen betonte er die wissenschaftlichen und wirtschaftlichen Vorteile seiner afrikanischen Unternehmen. Gleichzeitig pflegte er den Blick westlicher Nationen auf die sogenannten „unzivilisierten" Gebiete, die einer westlichen Führung bedurften. Dies trug dazu bei, seine geopolitische Agenda zu untermauern, die darauf abzielte, Belgien und seine Herrschaft auf der Weltbühne zu stärken.

Leopold II. trieb seine Expansionspolitik an, indem er geschickt mit den geopolitischen Zwängen seiner Zeit spielte. Er nutzte dies nicht nur für seine Ambitionen im Kongo, sondern auch, um Belgien aus seiner scheinbar unbedeutenden Rolle herauszuführen und als einen ernstzunehmenden Akteur im internationalen System zu etablieren. Seine

Fähigkeit, die Geopolitik Afrikas zu beeinflussen, war von entscheidender Bedeutung für den nachhaltigen Einfluss, den er auf das damalige Weltgeschehen hatte.

Die Berliner Kongo-Konferenz und ihre Folgen

Die Berliner Kongo-Konferenz, die vom 15. November 1884 bis zum 26. Februar 1885 stattfand, stand als symbolisches wie auch reales Fundament für die strukturelle, politische und ökonomische Aufteilung Afrikas unter den europäischen Mächten. Sie markierte eine Schlüsselrolle im Spiel der globalen Mächte des 19. Jahrhunderts, zeigte allerdings auch die Mechanismen des imperialistischen Denkens auf. Die Konferenz, oft als Wendepunkt in der Geschichte des Kolonialismus beschrieben, war eine von Bismarcks diplomatischen Meisterstücken, das durch europäische Konsolidierung und Ordnung charakterisiert wurde.

Leopold II., König der Belgier, betrieb im Vorfeld der Konferenz umfangreiche diplomatische Anstrengungen. Seine Ambitionen waren nichts weniger als ehrgeizig, seine Zielsetzung war klar: die Errichtung eines persönlichen Kolonialreiches, das nicht unter belgischer Kontrolle, sondern als sein privates Besitztum vermerkt werden sollte. Unter dem Deckmantel humanitärer und zivilisatorischer Bestrebungen - Dienste, die er angeblich den afrikanischen Völkern erweisen wollte - schuf er ein Netzwerk aus Lügen und politischer Täuschung. Indem er den Kongo-Freistaat als neutralen, internationalen und humanitären Raum darstellte, gewann Leopold die Sympathie und Unterstützung wichtiger globaler Spieler wie den Vereinigten Staaten und vieler europäischer Staaten.

Der Verlauf der Berliner Kongo-Konferenz, die von 14 Nationen unter dem Vorsitz von Otto von Bismarck geführt wurde, veranschaulichte eine bemerkenswerte Demonstration europäischer Ignoranz und Machtgier. Während dieser Sitzungen wurde 90 Prozent des afrikanischen Kontinents unter europäischen Mächten aufgeteilt, ohne dass afrikanische Vertreter ihr Mitspracherecht hätten geltend machen können. Der sogenannte "Wettlauf um Afrika" war entscheidend für die künftige Gestalt europäisch-afrikanischer Beziehungen, ein Wettstreit der imperialen Ambitionen, bei dem Leopold durch atemberaubende diplomatische Gewandtheit triumphierte.

Zentrales Ergebnis der Konferenz war die Anerkennung des Kongo-Freistaates als persönlichen Besitz von König Leopold II. Dieses Abkommen bedeutete einen bedeutenden Sieg für Leopold und eröffnete ihm unvorstellbare wirtschaftliche Vorteile. Der Kongress stellte auch das Prinzip der "effektiven Kontrolle" über beanspruchte Territorien auf und verlangte Wohnsitze, militärische Präsenz und Verhandlungsmöglichkeiten mit einheimischen Führern als Nachweis der effektiven Verwaltung in den jeweiligen Gebieten.

Die Konferenz führte ebenfalls zur formalen Etablierung der sogenannten "Kongofrage", ein Begriff, der sich im Kontext kolonialer Kontroversen immer weiter auswuchs. Schon bald nach der Konferenz wurde deutlich, dass sich unter der Herrschaft des Königs grausame Ausbeutungsmethoden durchsetzten. Die Vorherrschaft des Elfenbein- und Kautschukhandels führte zu enormen menschlichen und sozialen Kosten, und der Kongo selbst wurde zum Schauplatz eines der schlimmsten Kapitel in der Geschichte des modernen Imperialismus.

Ein entscheidender Punkt der Konferenzergebnisse war der Bruch in der internationalen Kommunikation und Kooperation, als Details der Ausbeutung und Unterdrückung im Kongo-Freistaat offenbart wurden. Diese Enthüllungen forderten schließlich zahlreiche Reformen und ein Umdenken in der Rolle und Verantwortung der europäischen Mächte in ihren Kolonien.

Somit etablierte die Berliner Kongo-Konferenz nicht nur die Grundlage für Leopolds königlichen Traum, sondern besiegelte auch das Schicksal von Millionen von Afrikanern. Ihr Erbe erweckte nicht nur ein wachsendes Bewusstsein und internationale Kritik sondern war auch Ausgangspunkt eines Diskurses, der bis ins 20. und 21. Jahrhundert andauerte. Obgleich sie formal als Erfolg für europäische Konsolidierung gefeiert wurde, wirkte die Konferenz als moralisch-tiefer Einschnitt und Unruheherd im gesellschaftlichen und politischen Bewusstsein der damaligen sowie zukünftiger Generationen.

Der Erwerb des Kongobeckens: Diplomatie und Intrigen

Der Erwerb des Kongobeckens durch Leopold II. war kein spontan entstandener Glücksfall, sondern das Ergebnis sorgfältiger Planung, zielgerichteter Diplomatie und raffinierter Intrigen. Leopold II., zutiefst motiviert vom Traum, Belgien als Kolonialmacht zu etablieren, navigierte geschickt durch die komplexen geopolitischen Strukturen des späten 19. Jahrhunderts, um seinen ambitionierten Plan zu verwirklichen.

Bereits in den frühen 1870er Jahren erkannte Leopold II., dass Belgien, aufgrund seiner geringen Größe und relativen internationalen Bedeutungslosigkeit, kaum eine Rolle im Wettlauf um Afrika spielen könnte, würde er nicht zu unkonventionellen Mitteln greifen. Unter dem Deckmantel wissenschaftlicher Entdeckungsreisen und humanitärer Missionen begann er, seinen Einfluss in Afrika zu manifestieren. Ein entscheidender Schachzug in diesem Spiel war die Gründung der International African Association im Jahr 1876, eines angeblich wohltätigen Vereins, der offiziell der Förderung der wissenschaftlichen Erforschung Afrikas dienen sollte.

Die wahre Absicht jedoch war es, die notwendigen Kontakte und Informationen zu sammeln, um Afrika strategisch für sich zu gewinnen. Ein zentraler Akteur in diesem Vorhaben war der berühmte britische Forscher Henry Morton Stanley, dessen spektakuläre Expeditionen durch das noch weitgehend unbekannte Herz Afrikas in den Jahren 1874 bis 1877 insbesondere bei Leopold große Begeisterung auslösten.

Im Jahre 1878 beauftragte Leopold II. Stanley offiziell, mit der Erschließung des Kongos zu beginnen. Unter Stanleys Leitung wurden unter dem Vorwand „Verträge" mit einheimischen afrikansichen Führern abgeschlossen, die Leopold im Laufe der Zeit die Herrschaft über ein Gebiet von der Größe Westeuropas sichern sollten. Es ist schwer, die moralischen Vorbehalte jener „Verträge" zu ignorieren; viele der Häuptlinge konnten nicht lesen oder schreiben und hatten nicht die geringste Ahnung von den wahren Inhalten dieser Dokumente.

Leopolds Initiativen wurden durch sorgfältig orchestrierte Diplomatie unterstützt. Er gewann die Unterstützung einiger mächtiger europäischer Nationen und sicherte sich die Anerkennung des Kongostaates als sein persönliches Eigentum auf der Berliner Afrika-Konferenz von 1884 bis 1885, einer Versammlung der bedeutendsten westlichen Mächte, die Regeln für die Aufteilung Afrikas aufstellte. In einem diplomatischen Coup gelang es ihm, die anderen Nationen davon zu überzeugen, dass der Kongo-Freistaat der

Förderung von Handel und Zivilisation diene und nicht als private Kolonie eines einzigen Mannes gesehen werden solle.

Die Rolle des belgischen Königs im Zirkus der europäischen Diplomatie kann nicht überbewertet werden. Er verband das Bild eines Philanthropen mit der Realität eines skrupellosen Geschäftsmannes, der keine Bedenken hatte, jede sich bietende Chance zu nutzen, um seine Ziele zu erreichen. Sein Spiel mit den konkurrierenden Interessen Frankreichs, Deutschlands und Großbritanniens war von ausgesprochener Gerissenheit geprägt.

In einem Briefwechsel zwischen Leopold und seinem engen Berater E.A.Le Marinel wird Leopolds zynische Haltung deutlich: „Es ist ganz gleich, ob wir wahrhaft Zivilisation bringen oder nicht, solange wir den Glauben verbreiten, dass wir es tun," formulierte er unverblümt. Diese kaltschnäuzige Politik, gepaart mit geschickt angewandter Diplomatie, ermöglichte es Leopold, seine persönliche Kontrolle über den Kongo weiter auszubauen.

Leopolds Meisterstück lag letztlich nicht nur im tatsächlichen Erwerb dieses riesigen Territoriums, sondern in der Art und Weise, wie er die globale politische Bühne zum Nutzen seiner persönlichen Ambitionen manipulierte. Der Kongo wurde zum Freistaat unter seiner Autorität erklärt, doch tatsächlich war es eine Diktatur dessen Basis auf wirtschaftlicher Ausbeutung und brutaler Unterdrückung ruhte, abgesichert durch die Täuschung einer wohlwollenden zivilisatorischen Mission.

Im Rückblick zeigen diese Ereignisse eine doppelte Strategie, die den geschickten Einsatz von Propaganda und Manipulation mit starker Durchsetzungsfähigkeit vor Ort verbunden hat. Der Erwerb des Kongos durch Diplomatie und Intrigen stellt ein bemerkenswertes Beispiel für kolonialistische Machtausübung dar, deren Auswirkungen noch weit in die moderne Zeit zu spüren sind.

Finanzierung und wirtschaftliche Strategien für die Kolonialherrschaft

Im Streben nach einem Kolonialreich spielten Finanzierung und wirtschaftliche Strategien eine zentrale Rolle für König Leopold II. von Belgien. Als ehrgeiziger Monarch erkannte er frühzeitig, dass der Erfolg kolonialer Bestrebungen nicht nur von diplomatischen und geopolitischen Strategien, sondern auch von einer soliden finanziellen Grundlage abhing. Die Erschaffung des Kongo-Freistaates als privates Besitztum Leopolds erforderte beträchtliche finanzielle Mittel und ausgeklügelte wirtschaftliche Strategien, um den luxuriösen Lebensstil des Königs sowie die Expansion und den Betrieb seines kolonialen Projekts zu finanzieren.

Leopold II. begann seine finanzielle Planung, indem er sich bewusst von der belgischen Staatspolitik distanzierte. Durch die Gründung von Scheinunternehmen und die Nutzung von Strohmann-Organisationen konnte er sein privates Abenteuer verschleiern. Die "Association Internationale Africaine" diente als Deckmantel für seine imperialen Ambitionen und trug zur Schaffung eines legitimen Anscheins vor der Weltöffentlichkeit bei. Diese Organisation sollte humanitäre und wissenschaftliche Zwecke erfüllen, doch in Wirklichkeit diente sie als Instrument zur Etablierung kolonialer Kontrolle und zur Erschließung von Ressourcen.

Die finanzielle Dimension von Leopolds kolonialem Vorhaben war zudem durch die geschickte Nutzung von Privatkapital geprägt, da er in Belgien und im Ausland Investoren anwarb. Leopold verstand es, die wirtschaftlichen Interessen europäischer Industrieller und Geschäftsleute mit seinen eigenen Expansionsträumen zu verknüpfen. Diese Partner versprachen sich hohe Gewinne aus den vermeintlich unerschöpflichen Ressourcen des Kongogebiets, insbesondere Kautschuk, Elfenbein und Mineralien.

Zur Beschaffung finanzieller Mittel wurde die wirtschaftliche Exploitation des Kongos zu einer der zentralen Strategien. Dabei spielte die Einführung eines brutalen Systems der Zwangsarbeit, das vor allem die Kautschukgewinnung betraf, eine entscheidende Rolle. Historikern zufolge geriet das System der Gewinnausbeute zu einem beispiellosen Beispiel für koloniale Ausbeutung und führte zu immensen Menschenrechtsverletzungen. Leo Africanus beschreibt in seiner Abhandlung die menschenverachtenden

Bedingungen, unter denen die kongolesische Bevölkerung zur Arbeit gezwungen wurde (vgl. Africanus, Leo. "African Hopes and Horrors: From Empire to Conglomeration", Seite 224).

Der wirtschaftlich motivierte Einsatz von Gewalt wurde ergänzt durch raffinierte internationale Handelsabkommen, die Leopold ausnutzte. Er nutzte die wachsende Globalisierung zu seinem Vorteil und entwickelte Netzwerke, die nicht nur den Export von Rohstoffen begünstigten, sondern auch den Import notwendiger Infrastruktur und Technologie sicherten. Hierbei profitierten europäische Märkte wiederum von den Rohstoffen aus dem Kongo, sodass Leopolds Kolonien schnell wirtschaftliche Bedeutung erlangten.

Zusätzlich setzte Leopold auf Infrastrukturprojekte im Kongo selbst, die sowohl den Transport von Gütern als auch die militärische Kontrolle erleichtern sollten. Der Bau der Eisenbahnverbindung und der Aufbau von Handelsstationen an strategisch wichtigen Orten wurden als Investitionen zur langfristigen Sicherung von Handelswegen und als Mittel zur Kontrolle der weiten Gebiete betrachtet. „Das Eisenband von Afrika", wie eine postkoloniale Betrachtung von Jürgen Schacht diese Projekte beschreibt, war ein fundamentaler Bestandteil in Leopolds wirtschaftlichen Kalkulationen (Schacht, Jürgen. "Das Eisenband von Afrika: Interkontinentale Verbindungen und koloniale Interessen", Seite 119).

Leopold II.s wirtschaftliche Strategien waren darauf ausgerichtet, maximale Profite zu erzielen, indem er eine effektive und brutale koloniale Verwaltung einrichtete, die wirtschaftliche Nutzen vor das menschliche Leid stellte. Die letztendlichen Erträge aus dem Kongoprojekt bereicherten die belgische Staatskasse, fanden aber auch Eingang in den Bau prächtiger Bauwerke in Belgien, die heute noch als umstrittene Monumente seines Erbes existieren. Diese ökonomische Herangehensweise hinterließ nicht nur tiefe Spuren in der Geschichte Kongos, sondern prägte auch die wirtschaftliche und politische Landschaft Europas nachhaltig.

Umsetzung und Verwaltung des Kongo-Freistaats

Die Umsetzung und Verwaltung des Kongo-Freistaats durch Leopold II. war ein bemerkenswertes Unterfangen, das durch die Verschmelzung von persönlichen Interessen, politischer List und wirtschaftlicher Berechnung geprägt war. Dabei war die Rolle, die Leopold selbst in der Verwaltungserrichtung spielte, alles andere als formell und distanziert, sondern vielmehr von intensivem persönlichem Engagement gekennzeichnet. Der belgische König entwarf eine Verwaltung, die eher einem konzernähnlichen Unternehmen als einem klassischen Kolonialstaat glich.

Leopold II. errichtete den Kongo-Freistaat 1885 als ein persönliches Herrschaftsgebiet, das er durch die Bank der Kongo-Staaten finanziell unterfütterte. Diese wirtschaftlich orientierte Verwaltungseinheit war in hohem Maße auf Ausbeutung fokussiert, gefördert durch ein ausgedehntes System von Konzessionen. Diese Konzessionen, gewährt an verschiedene private Unternehmen, sicherten Leopold nicht nur direkte Einnahmen durch den Handel von Elfenbein und Kautschuk, sondern erlaubten ihm auch die Etablierung eines umfassenden Netzwerks von Einfluss und Kontrolle.

Die Verwaltung des Kongo-Freistaats lag in den Händen einer kleinen Gruppe belgischer und ausländischer Bürokraten, die direkt dem König Bericht erstatteten. Diese Männer führten eine strenge Regimentsherrschaft, die auf Leid, Zwangsarbeit und Gewalt beruhte. Der berühmte Diplomat und Reisende Sir Roger Casement beschrieb das System zutreffend als „staatlich geförderte Sklaverei". Die zentrale Verwaltung befand sich in Boma, von wo aus eine regelrechte Infrastruktur der Unterdrückung und Ausbeutung errichtet wurde.

Ein entscheidender Aspekt dieses Systems war die Einführung der „Force Publique", einer paramilitärischen Einheit, die sowohl zur Durchsetzung der kolonialen Ordnung als auch zur Absicherung der wirtschaftlichen Unternehmungen diente. Diese Truppen bestanden überwiegend aus afrikanischen Soldaten unter europäischer Leitung und erwiesen sich als unersetzliches Mittel zur Aufrechterhaltung der Kontrolle über das weitläufige und schwer zugängliche Gebiet. Ihre Rolle war zentral in der Durchsetzung der autoritären Maßnahmen, die zur Sicherung der

Kautschukproduktion und zur Bekämpfung von Aufständen notwendig waren.

Ein weiterer bedeutender Faktor in der Verwaltung war der Einsatz moderner Kommunikationstechnologie. Telegrafenstationen wurden strategisch im ganzen Freistaat errichtet und bildeten das Rückgrat der administrativen Kontrolle. Diese Kommunikationslinien ermöglichten es Leopold und seinen Verwaltern, schnell auf Entwicklungen zu reagieren und die wirtschaftlichen Interessen effizient zu verfolgen.

Die Wirtschaftspolitik Leopold II. war in höchstem Maße auf die Maximierung von Profiten ausgerichtet. Mit der steigenden Nachfrage nach Kautschuk in der westlichen Welt wurden brutale Ausbeutungsmethoden institutionalisiert, die das Leben und die Kultur der kongolesischen Bevölkerung unwiderruflich veränderten. Die staatlich geförderte Zwangsarbeit führte zu gravierenden Menschenrechtsverletzungen, die von internationalen Aktivisten, wie dem Journalisten E. D. Morel, zunehmend angeprangert wurden.

Obwohl Leopold offiziell von einer zivilisatorischen Mission sprach, basierten die kolonialen Methoden vielmehr auf der Errichtung einer regelrechten „Kautschuktheokratie", in der wirtschaftliche Ziele oberste Priorität hatten.

Viele Historiker argumentieren, dass Leopolds Herrschaft durch systematische Gewalt und Terror charakterisiert war, um die Produktion aufrechtzuerhalten und zu steigern.

In Anbetracht der langfristigen Auswirkungen und der verheerenden gesellschaftlichen und wirtschaftlichen Auswirkungen auf die indigene Bevölkerung bleibt dieser Teil des Vermächtnisses von Leopold II. umstritten und hochgradig kritisch. Der Kongo-Freistaat steht damit nicht nur als dunkles Kapitel in der Geschichte der Kolonialisierung, sondern auch als eine Mahnung, welch zerstörerische Folgen die unkontrollierte Machtkonzentration eines Einzelnen in Verbindung mit wirtschaftlichen Interessen haben kann.

Persönliches Engagement: Leopold II. zwischen Idealismus und Realpolitik

Das persönliche Engagement von König Leopold II. in seinen kolonialen Bestrebungen ist zentral, um die Komplexität seiner Motivationen und Handlungen zu verstehen. Im Spannungsfeld von Idealismus und Realpolitik agierend, verkörperte Leopold II. einen dynamischen Monarchen, dessen Bestrebungen sowohl von einer visionären Zukunftsphantasie als auch von pragmatischer Machtpolitik geprägt waren. Jenseits der diplomatischen und ökonomischen Faktoren wird deutlich, dass persönliche

Überzeugungen und eine besondere Form des Königlichen Eigensinns seine Kolonialpolitik wesentlich beeinflussten.

Leopold II. war getrieben von dem Wunsch, Belgien zu einer Großmacht zu katapultieren. Angetrieben von der Sorge, dass sein Land in der europäischen Staatengemeinschaft marginalisiert werden könnte, strebte er danach, Belgien durch den Erwerb von Kolonien und somit Ressourcen und Prestige aufzuwerten. „Der Besitz eines Kolonialreiches," so formulierte Leopold in einem frühen Memorandum, „ist ein unverzichtbares Instrument zur Aufrechterhaltung nationaler Macht und Größe" (Miller, 1988, S. 112).

Jedoch darf man nicht übersehen, dass Leopold II. auch von einem tiefen Idealismus geprägt war. Er stellte sich einen zivilisatorischen Auftrag vor, der, wie er selbst glaubte, der 'dunklen' Welt des Kongo Freistaats Wohlergehen und Fortschritt bringen würde. Diese Idealisierung der Zivilisierungsidee spiegelte sich in Leopolds öffentlicher Rhetorik wider, die oft auf den moralischen und edlen Charakter seiner Unternehmungen hinwies. In Reden und Schriften hob er die Bedeutung der Mission heraus, die „den Lichtstrahl christlicher Erleuchtung" über die „unentwickelten Nationen" der Welt entsenden sollte (Hochschild, 1998, S. 142).

Sein persönliches Engagement zeigte sich nicht zuletzt durch seine detaillierten Weisungen an die Verwaltung und die zahlreichen Besuche in den Kolonien selbst (Stanard, 2012). Dennoch war Leopolds Wirtschaftspolitik im Kongo von harter Ausbeutung und drakonischen Maßnahmen geprägt. Der realpolitische Imperativ, wirtschaftlichen Gewinn zu erzielen und private sowie nationale Interessen zu sichern, führte zu rücksichtslosen Praktiken der Ausnutzung und Kontrolle der lokalen Ressourcen und Bevölkerung. Diese Doppelmoral von idealistischer Rhetorik und rigider Praxis war kennzeichnend für Leopolds koloniale Strategie.

Leopolds Engagement war von einem außergewöhnlichen persönlichem Antrieb bestimmt. Historiker bemerken, dass seine Unermüdlichkeit und sein Detailreichtum in der Verwaltung seiner kolonialen Assets Ausdruck seiner tiefen persönlichen Investition in das koloniale Projekt waren. „Er betrachtete sich selbst als Patriarch, nicht nur über Belgien, sondern über das gesamte Gebiet, das er in Afrika beherrschte," schreibt Emerson (1979, S. 67). Die Kontrolle über den Kongo war für Leopold II. nicht nur eine staatliche, sondern eine persönlich-morale Herrschaft.

Gleichzeitig verstand Leopold auch, dass er seine kolonialen Träume nicht ohne die Unterstützung einflussreicher europäischer Akteure verwirklichen konnte. Deshalb balancierte er geschickt zwischen seinen persönlichen Idealen und den Zwängen der Realpolitik. So nutzte er strategische Allianzen und diplomatische Manöver, um die Unterstützung für seine Unternehmungen zu sichern, oft unter dem Vorwand des wissenschaftlichen Fortschritts und humanitärer Bemühungen. Dies führte zur paradoxen Situation, in der Leopold als Humanist und Visionär wahrgenommen wurde, während seine Herrschaftsstrukturen im Kongo oft von Brutalität und Unterdrückung gekennzeichnet waren.

Zusammenfassend lässt sich sagen, dass Leopolds Engagement am Kongo-Projekt sowohl von persönlicher Überzeugung als auch von pragmatischen Notwendigkeiten getrieben war. Seine Agenda war geprägt von einer ideologischen Dissonanz, die die Grenze zwischen Ideal und Wirklichkeit verwischte, während er unermüdlich daran arbeitete, seine Vision eines kolonialen Imperiums zu realisieren.

Literaturverweise:

Emerson, R. (1979). Leopold II of Belgium: The Reality Behind the Myth. Oxford University Press.

Hochschild, A. (1998). Schatten über dem Kongo: Die Geschichte eines der großen, fast vergessenen Menschheitsverbrechen. Kiepenheuer & Witsch.

Miller, C. (1988). Copper and Connections: Views of Group Identity in Belgium's African Colonies. Routledge.

Stanard, M. (2012). Selling the Congo: A History of European Pro-Empire Propaganda and the Making of Belgian Imperialism. University of Nebraska Press.

Der Einfluss des belgischen Königs auf europäische Kolonialpolitik

Leopold II., König der Belgier von 1865 bis 1909, verkörpert eine der umstrittensten Figuren der europäischen Kolonialgeschichte. Sein Einfluss auf die Kolonialpolitik des ausgehenden 19. und beginnenden 20. Jahrhunderts war enorm, und seine Ambitionen fanden nicht nur im Konzept eines belgischen Kolonialreichs, sondern auch in der Formung der kolonialen Landschaft Europas ihren Niederschlag.

Die kolonialen Bestrebungen Leopolds fanden ihren Ursprung in einer Zeit, in der Europa von einem Wettbewerb um koloniale Expansion besessen war. Dieses "Scramble for Africa", wie es in der Geschichtsschreibung bezeichnet wird, wurde genährt von einem Hunger nach Rohstoffen, neuen Märkten und geopolitischem Einfluss. Leopold II. erkannte früh die sich bietenden Chancen und die geopolitische Bedeutung Afrikas. Sein besonderes Interesse galt dem weitgehend unerforschten Kongobecken, das er als privates Eigentum und nicht als belgische Kolonie beanspruchte, ein einzigartiger Vorstoß, der am Ende die Weltmeinung spaltete.

Leopolds Einfluss auf die europäische Kolonialpolitik ist nicht zu unterschätzen. Durch geschickte diplomatische

Manöver und eine starke Präsenz auf der Berliner Kongo-Konferenz von 1884-1885 positionierte sich der König als einer der architektonischen Meister der kolonialen Neuordnung Afrikas. Die Konferenz, eine bedeutende diplomatische Zusammenkunft europäischer Mächte, legitimierte letztlich die Aufteilung Afrikas unter den Großmächten. Leopold agierte dabei mit bemerkenswerter Imitationstaktik und ökonomischer Rationalität. Dabei umging er geschickt die Interessen seiner europäischen Rivalen und erreichte die Anerkennung des Kongo-Freistaats unter seiner persönlichen Herrschaft.

Zusätzlich nutzte Leopold die geopolitische Rivalität der europäischen Mächte zu seinen Gunsten. Er spielte Frankreichs Ängste über eine wachsende deutsche Präsenz in Afrika gegen die Besorgnisse Großbritanniens über Frankreichs koloniale Ambitionen aus. Diese "Balance of Power"-Strategie war ein Schlüsselelement in seinen politischen Überlegungen und demonstrierte seine Fähigkeit, koloniale Politik als Instrument der Großmachtdiplomatie zu nutzen. Laut dem Historiker Adam Hochschild "gelang es Leopold, die größte Privatkolonie der Welt in die Hände zu bekommen, und das fast ohne eine Schusswaffe abzufeuern". Dabei war es seine raffinierte Nutzung von Information, Täuschung und Verhandlungskraft, die ihn so erfolgreich machte.

Leopolds Methoden beinhalteten auch die geschickte Nutzung von Medien und Öffentlichkeitsarbeit, um seine kolonialen Unternehmungen als humanitäre Mission darzustellen. Er argumentierte, dass es seine Aufgabe sei, die sogenannten "zivilisatorischen" Bemühungen in Afrika zu fördern, wie sie auch von anderen europäischen Mächten als Rechtfertigung genutzt wurden. Damit passte er sich nicht nur den vorherrschenden ideologischen Mustern an, sondern prägte auch das Bild des Kolonialismus als moralische Verpflichtung. Wie Alice L. Conklin in ihrem Buch "*A Mission to Civilize: The Republican Idea of Empire in France and West Africa, 1895-1930*" beschreibt, boten diese moralischen Deckmantel eine scheinbar edle Legitimation für die ansonsten brutalen kolonialen Praktiken.

Leopolds geschäftliche Errungenschaften und seine Manipulation der kolonialen Politik trugen wesentlich zur Schaffung eines Kolonialmodells bei, das von anderen Monarchen und Nationen beobachtet und teilweise nachgeahmt wurde. Die finanziellen Erträge, die aus dem Kongo-Freistaat flossen, überzeugten zahlreiche Regierungen von der rentablen Natur kolonialen Besitzes, während seine rigorosen Verwaltungspraktiken als Extremfall staatlicher Kontrolle betrachtet wurden, die nur bedingt nachgeahmt werden könnten.

In der Retrospektive zeigt sich, dass Leopolds Einfluss auf die europäische Kolonialpolitik weit über den Kongo hinausreichte. Seine Fähigkeit, imperiale Ambitionen mit wirtschaftlichen Interessen zu verknüpfen, legte den

Grundstein für spätere Entwicklungen im Kolonialwesen und demonstrierte die Bedeutung individueller Antriebskraft in der imperialen Expansion. Die doppelseitige Natur seiner Bestrebungen - einerseits die Verfolgung persönlicher und nationaler Interessen, andererseits die Anwendung ideologischer Konzepte zur Legitimierung dieser in der Öffentlichkeit - spiegelte ein weit verbreitetes, jedoch letztlich verhängnisvolles Verständnis von Kolonialismus wider.

Der Kongo-Freistaat: Gründung und Herrschaft

Historischer Kontext und die Motive für Kolonialisierung

Im 19. Jahrhundert erlebte Europa eine intensive Phase imperialistischer Expansionspolitik, die als "Scramble for Africa" bekannt wurde. Dieses Wettlaufjahrzehnt, das fast den gesamten Kontinent in koloniales Gebiet verwandelte, war geprägt von nationalem Wettbewerb und wirtschaftlichen Interessen. Ein wesentlicher Bestandteil dieses Kontextes war die industrielle Revolution, die in Europa zu einem raschen Wachstum der Produktionskapazitäten führte. Hierbei wuchs gleichzeitig der Bedarf an neuen Märkten und Rohstoffen, um den industriellen Apparat am Laufen zu halten. Der Kongo-Freistaat und die Ambitionen Leopold II. müssen in diesem Lichte betrachtet werden.

Leopold II., geboren in einer Zeit kolonialer Expansion, fühlte sich von den Erfolgen anderer europäischer Nationen inspiriert. Britische und französische Kolonien waren nicht nur wirtschaftliche Goldgruben, sondern auch Symbole nationaler Stärke und Prestige. Leopold, angesichts Belgiens relativ bescheidener Größe und Macht im Vergleich zu seinen Nachbarn, strebte danach, sein Land durch eigene koloniale Errungenschaften zu erhöhen. In seinen Worten fand sich die Überzeugung: „Belgien braucht einen Hafen in der Wildnis“[1]. Dieser Satz spiegelte nicht nur einen Wunsch nach territorialer Expansion wider, sondern auch das Verlangen nach nationaler Anerkennung.

Die Legitimität des Kongo-Projekts sicherte sich Leopold durch die Brüsseler Geographische Konferenz 1876, eine Konferenz, die offiziell im Namen wissenschaftlicher und philanthropischer Bestrebungen in Afrika abgehalten wurde. Dies war jedoch eine diplomatische Fassade, um die Anerkennung und die moralische Billigung der Mächte Europas für seine entstehenden Ambitionen im Kongo zu gewinnen. Die Konferenz brachte die Gründung der International African Association hervor, die, trotz ihres noblen Anspruchs zur Zivilisierung Afrikas, letztlich als Deckmantel für Leopolds private Interessen diente[2].

Die Berliner Kongokonferenz von 1884/85 war ein weiterer diplomatischer Schachzug, der es Leopold ermöglichte, seine Projekte im Kongo zu legalisieren. Unter der Schirmherrschaft von Otto von Bismarck kamen Vertreter europäischer Mächte zusammen, um die Regeln für die Aufteilung Afrikas festzulegen. Der Freistaat Kongo wurde in diesem Zusammenhang als privates Eigentum Leopolds anerkannt, eine Lösung, die nur dank geschickter Verhandlungskunst zustande kam[3]. Leopold präsentierte seine Herrschaft über den Kongo als eine Mission von internationalem Interesse und humanitärem Zweck - eine Rhetorik, die ihm internationale Unterstützung einbrachte.

Ökonomisch betrachtet war der Kongo Freistaat für Leopold II. weit mehr als nur ein Symbol kaiserlicher Träume. Die Region war reich an natürlichen Ressourcen, vor allem Kautschuk und Elfenbein, deren wirtschaftliche Bedeutung mit der wachsenden Nachfrage in den westlichen Industrienationen erheblich anstieg. Diese Ressourcen sollten die belgische Wirtschaft stützen und private Gewinne maximieren. Es ging Leopold auch um den Aufbau einer persönlichen Schatzkammer. Finanzielle Berichte und zeitgenössische Schätzungen lassen vermuten, dass Leopold ein Vermögen von über einer Milliarde Francs ansammelte, eine Summe, die zum größten Teil durch den Export von Rohstoffen erzielt wurde[4].

Schließlich ist zu betonen, dass Leopolds kolonialistische Motive auch von einer gewissen Form persönlicher Eitelkeit genährt wurden. Historiker argumentieren, dass sein unersättliches Streben nach Macht und Einfluss ein tiefsitzendes Verlangen nach Anerkennung und Status innerhalb der europäischen Aristokratie offenbart. In seinen zahlreichen Briefen und Aufzeichnungen deutet sich ein fast missionarischer Eifer an, die „wilde Welt“ zu zähmen und Belgien als Grande Nation zu etablieren[5].

Zusammengefasst steht der Kongo-Freistaat als ein Produkt von Leopolds geschickter diplomatischer Manipulation und seinen vielfältigen Motiven, die von wirtschaftlichen Interessen, Machtanspruch bis hin zu einem tiefen Eifer für persönlichen Ruhm reichten. Diese Ambitionen genossen Unterstützung, Akzeptanz oder Schweigen von anderen Großmächten jener Zeit, die in Afrika ähnlich gelagerte koloniale Pläne hegten. Die schrecklichen Konsequenzen seiner Herrschaft sollten sich jedoch bald in voller Deutlichkeit zeigen.

1. Ewans, M. "European Atrocity, African Catastrophe: Leopold II, the Congo Free State and its Aftermath", p. 47.

2. Hochschild, A. "Schatten über dem Kongo: Die Geschichte eines der großen, beinahe vergessenen, Menschheitsverbrechen.", S. 85.

3. Pakenham, T. "The Scramble for Africa: White Man's Conquest of the Dark Continent from 1876 to 1912", p. 224.

4. Marchal, J. "L'État libre du Congo: Paradis perdu, terre oubliée", p. 291-293.

5. Wesseling, H. L. "Divide and Rule: The Partition of Africa, 1880–1914", p. 102.

Die Gründung des Kongo-Freistaats: Diplomatie und Taktik

Die Gründung des Kongo-Freistaats war ein komplexes Unterfangen, das ein ebenso geschicktes wie taktisches Zusammenspiel von Diplomatie und strategischen Manövern erforderte. Im späten 19. Jahrhundert war Europa von der sogenannten „Scramble for Africa" erfasst, einer Phase kolonialer Expansion, die darauf abzielte, die verbliebenen unbesetzten Teile des afrikanischen Kontinents unter den europäischen Mächten aufzuteilen. Inmitten dieses geopolitischen Wettstreits lancierte König Leopold II. von Belgien eine beispiellose diplomatische Offensive, um seinen Traum von einem persönlichen Kolonialreich zu verwirklichen.

Leopold II. bediente sich einer Reihe von internationalen Netzwerken und Kontakten, die er seit seiner Jugend sorgfältig gepflegt hatte. Er verstand früh, dass der Schlüssel zu seinem Erfolg nicht nur in der militärischen Eroberung, sondern vor allem in der rechtlichen und diplomatischen Anerkennung seines Anspruchs auf den Kongo lag. Seine allgemeine Strategie war darauf ausgerichtet, seine Pläne geschickt zu verschleiern und sie als humanitär motiviert darzustellen.

Bereits 1876 initiierte Leopold die Internationale Afrikanische Gesellschaft, die vordergründig der Erforschung und Zivilisation Afrikas dienen sollte. Tatsächlich diente diese Organisation als Deckmantel für seine kolonialen Ambitionen. Wie Jules Marchal in seinen Aufzeichnungen festhält, gelang es Leopold auf diesem Wege, die Unterstützung zahlreicher europäischer Mächte zu gewinnen, indem er „humanitäre Motive vortäuschte und auf die wissenschaftlichen und wirtschaftlichen Vorteile verwies, die sich aus einer geordneten Erforschung des Kongogebietes ergeben würden."[1]

Ein entscheidender Schritt zur Sicherung des Kongo-Freistaats war die Berliner Kongokonferenz von 1884–1885. Diese Konferenz, einberufen von Otto von Bismarck, sollte die künftige Aufteilung Afrikas unter den europäischen Mächten regeln. Durch gezielte Manipulationen und geschickte Verhandlungen, oft unterstützt durch die einflussreiche Lobbyarbeit des US-amerikanischen Journalisten und Lobbyisten Henry Morton Stanley, gelang es Leopold, die versammelten Staatsmänner davon zu überzeugen, dass seine Ansprüche auf den Kongo legitim seien.[2] Während der Konferenz erhielt Leopold die Kontrolle über das Gebiet des Kongoflusses, indem er versprach, den freien Handel und die christliche Missionierung zu fördern, und dabei bewusst seine persönlichen Bereicherungsabsichten verheimlichte.

Die elegante Vorstellung einer freien Handelszone und einer angeblich philanthropischen Mission war so überzeugend, dass die europäischen Mächte zustimmten, ohne die tatsächlichen Absichten Leopolds zu hinterfragen. Zudem verstand es Leopold, vertragliche Lücken und die Uneinigkeit der europäischen Staaten zu nutzen, um deren Zustimmung zu erlangen. Die endgültige rechtliche Errichtung des Kongo-Freistaats als persönliches Eigentum von König

Leopold II. war eine Geburtsstunde eines kolonialen Territoriums ohne direkten Bezug zu einer Nation - ein einzigartiges Beispiel in der Geschichte der Kolonialreiche.

Der Erfolg der kongolesischen Unternehmungen Leopolds lag auch in seiner Fähigkeit, eine bewundernswerte Balance zwischen Diplomatie und Korruption zu erreichen. Sein strategisches Geschick zeigte sich in der Sicherung der Unterstützung stärkerer Mächte und in der Vermeidung direkter Konfrontationen mit anderen Kolonialstaaten. Zu den zeitgenössischen Siegbedingungen gehörte auch die Lähmung potenzieller Gegner durch die Vergabe wirtschaftlicher Anreize und Aufträge an britische, deutsche und französische Unternehmer.

Zusammenfassend lässt sich feststellen, dass die diplomatische Gründung des Kongo-Freistaats Leopolds II. eine Meisterleistung nuancierter Doppelbödigkeit darstellte, bei der Außendarstellung und Wahrheit gezielt auseinander drifteten. Die sich daraus ergebenden geopolitischen Konstellationen und diplomatischen Anerkennungen legten den Grundstein für ein brutales Kolonialregime, dessen verheerende Auswirkungen weit über seine scheinbar glamouröse Geburtsstunde hinausreichen sollten. Die Geschichtsschreiber erkennen in Leopold II. daher häufig einen der geschicktesten - und umstrittensten - Taktierer der Kolonialgeschichte.

[1] Jules Marchal, *The Fall of the Congo*, Veröffentlicht 1996.

[2] Hochschild, Adam, *König Leopolds Geist: Die Geschichte von Habgier, Terror und Heldentum* in Kolonialafrika, S. 149, Veröffentlicht 1998.

Kongolesische Bevölkerung und die koloniale Verwaltung

Die Besetzung und Verwaltung des Kongo-Freistaates durch Leopold II. ist ein dunkles Kapitel in der Geschichte der Kolonialisierung, das durch seine repressive Verwaltung und die rücksichtslose Ausbeutung der einheimischen Bevölkerung gekennzeichnet ist. Die Gründung des Kongo-Freistaates im Jahr 1885, die zunächst als philantropisch getarnt war, entpuppte sich schnell als eines der brutalsten kolonialen Regime der Geschichte. Die komplexe Beziehung zwischen der kongolesischen Bevölkerung und der kolonialen Verwaltung wurde durch ein System von Gewalt, Zwang und Manipulation geprägt.

Leopolds Anspruch auf den Kongo wurde durch einen geschickten diplomatischen Tanz erreicht, der internationale Mächte täuschte und ihm eine weitreichende Kontrolle sicherte. Diese Kontrolle wurde jedoch in erster Linie durch die Errichtung eines rigiden Verwaltungssystems aufrechterhalten. An der Spitze dieser Hierarchie standen europäische Beamte, die oft von ihrer Verantwortung und Macht gegenüber der einheimischen Bevölkerung wenig wussten oder sich kaum darum kümmerten. Der belgische Generalkonsul, angesehene Kolonialbeamte und schließlich die lokalen Verwaltungsbeamten bildeten die funktionsgebundenen Stufen dieses Systems, welches den reibungslosen Ablauf der Ausbeutung des enormen Reichtums des Landes garantieren sollte.

Besonders herausragend war die Rolle der sogenannten „Force Publique", einer paramilitärischen Truppe, die aus europäischen Offizieren und zwangsrekrutierten afrikanischen Soldaten bestand und als Werkzeug zur Aufrechterhaltung der Ordnung und zur Durchsetzung der wirtschaftlichen Interessen Leopolds diente. Die Arbeit dieser Truppe führte unweigerlich zu einer systematischen Enteignung der Ressourcen und der Entrechtung der einheimischen Bevölkerung. Die souvent brutale und ungehemmte Nutzung von Gewalt sollte die gesamte Organisation im Mittelpunkt der internationalen Aufmerksamkeit stehen lassen, als die Missstände und die Brutalität des Regimes schließlich ans Licht kamen.

Die koloniale Verwaltung wirkte dabei nicht nur durch direkte Anwendung von Gewalt, sondern auch durch die Einführung eines Systems von Zwangsarbeit und Tribute, das eine totale Kontrolle über das Leben der einheimischen Bevölkerung sicherstellte. Die Bewohner wurden gezwungen, festgelegte Quoten von Rohstoffen wie Kautschuk und Elfenbein zu liefern, meist unter Drohungen gesundheits- oder lebensschädigender Repressalien. Wie Hochschild in seinem Werk erklärt, „erschufen die Einkassierer der Kolonialregime ein System aus Geiselnahmen, Körperstrafen und öffentlicher Demütigung", um die gewünschten Produktionsziele zu erreichen (Hochschild, "**King Leopold's Ghost**").

Doch die Berichte über das Vorgehen Leopolds und seiner Verwaltung zeigten auch kleinere Erfolge der lokalen Widerstandsformen, die jedoch letztlich von den überwältigenden Mitteln der Kolonialherren unterdrückt wurden. Zu diesen Widerstandsformen gehörten heimliche Sabotageakte, bewusst unterproduzierte Erträge oder die Flucht in abgelegene Gebiete, wodurch die Macht der kolonialen Verwaltung lokal eingeschränkt wurde. Diese Anstrengungen unterstrichen die Spannungen, die zwischen den kolonialen Interessen und den Bedürfnissen und Rechten der einheimischen Bevölkerung existierten, und zeigten, dass trotz der scheinbar unverhältnismäßigen Machtverhältnisse ein gewisser Grad an agency unter der kongolesischen Bevölkerung bestand.

Die Unmenschlichkeit der Verwaltung und der lang anhaltende Drang zur Aufrechterhaltung ihrer zwingenden Vorgaben trugen maßgeblich zur Veröffentlichung dieser Affären bei und zwangen Leopold letztlich zur Übergabe des Territoriums an den belgischen Staat. Diese so entstandene belgische Kolonie bewies, dass entscheidende Reformen und Änderungen nötig waren, doch der Grundstein für eine zukünftige systemische Ungleichheit und wirtschaftliche Erniedrigung der Region war bereits gelegt. Die Auswirkungen dieser frühen kolonialen Verwaltung sollten weit über die Zeit der belgischen Herrschaft hinaus reichen und die Nachwirkungen der kolonialen und postkolonialen Interaktionen in Afrika definieren, die bis in die Gegenwart andauern.

Abschließend erlaubt uns eine Betrachtung der komplexen und oft tragischen Beziehung zwischen der kongolesischen Bevölkerung und der kolonialen Verwaltung ein besseres Verständnis dafür, wie diese grausame Herrschaftsform die historische Entwicklung Zentralafrikas, besonders des Kongos, beeinflusste. Die systematische Unterdrückung und Ausbeutung hinterließen tiefe Spuren im historischen Gedächtnis der Region und ihren Menschen, die sich langsam von der Last einer solchen dunklen Vergangenheit erholten. Leopold II.'s Vermächtnis ist unauslöschlich mit der brutalen Realität jener Jahre verbunden – ein Erbe, das die Bedeutung von Erinnerung, Gerechtigkeit und der Notwendigkeit des gerechten Umgangs mit den materiellen und menschlichen Ressourcen der Welt betont.

Das Ausbeutungssystem: Kautschuk und Elfenbein

Die wirtschaftlichen Bestrebungen Leopold II. im Kongo-Freistaat waren eng mit dem steigenden globalen Bedarf an Kautschuk und Elfenbein verknüpft. Der Herzog von

Brabant, wie Leopold bis zu seiner Thronbesteigung bekannt war, sah im Kongo die ideale Gelegenheit, die Kassen seines noch jungen Königreichs zu füllen und sich als bedeutender Kolonialherrscher zu profilieren. Die Ausbeutung der natürlichen Ressourcen dieser afrikanischen Region bot nicht nur immensen wirtschaftlichen Gewinn, sondern stellte zugleich das Herzstück von Leopolds imperialistischem Traum dar.

Zu Beginn des späten 19. Jahrhunderts erlebte die Weltwirtschaft einen beispiellosen Wachstumsschub. Der Kautschuk, gewonnen aus dem Saft der Kautschukbäume, wurde zu einem unverzichtbaren Rohstoff, insbesondere durch die Erfindung des aufblasbaren Reifens durch John Boyd Dunlop im Jahr 1888. Der Bedarf stieg rasant, und die im Kongo reichlich vorhandenen Kautschukvorkommen boten eine attraktive Möglichkeit für dessen kommerzielle Nutzung. Unter der Herrschaft von Leopold II. wurden Kautschukbäume großflächig abgeerntet, oftmals ohne Rücksicht auf die langfristige Erhaltung der natürlichen Ressourcen oder die Umwelt.

Die Ausbeutung war brutal und zwang die einheimische Bevölkerung, die harten Bedingungen über sich ergehen zu lassen. Zwangsarbeit und Kolonialsteuern waren an der Tagesordnung. Die kongolesischen Arbeiter wurden unterdrückt und ausgebeutet, wodurch sich ein regelrechtes Terrorregime etablierte. Viele von ihnen litten unter unmenschlichen Arbeitsbedingungen und angemessene Entlohnungen blieben aus. Eine Quelle aus dieser Zeit beschreibt die Grausamkeit wie folgt: „Wo immer gierige Europäer kolonialen Fortschritt proklamieren, verbirgt sich oftmals die bittere Realität der Unterdrückung und Ausbeutung."

Parallel zur Kautschukernte wuchs der Handel mit Elfenbein. Der europäische Markt begehrte die edlen Materialien für die Herstellung von Schmuck, Klaviertasten und diversen anderen Luxusgütern. Im Kongo bedeutete der Elfenbeinhandel eine weitere Quelle enormer Profite. Die Elefantenpopulation war einer stetigen Bedrohung ausgesetzt, da ganze Herden gejagt und niedergeschlachtet wurden. Dieses rücksichtslose Vorgehen hatte dramatische Auswirkungen auf das ökologische Gleichgewicht in der Region. Historische Berichte zeigen, dass die europäische Gier keine Grenzen kannte: „Die Jagd kennt weder Schonung noch Beschränkung, solange der Profit winkt."

Die koloniale Verwaltungstrupp, bekannt als Force Publique, spielte in diesem System eine tragende Rolle. Sie war verantwortlich für die Durchsetzung der rigiden Ausbeutungspraxis und diente als Instrument der Einschüchterung und Kontrolle. Ihre Methoden waren bekannt für Brutalität und Rücksichtslosigkeit, um den Widerstand der einheimischen Bevölkerung zu brechen. In einem leidenschaftlichen Bericht aus dieser Zeit heißt es: „Der koloniale Schrecken inmitten der scheinbaren Zivilisationsmission entblößt das wahre Gesicht der Gewalt und Gier."

Es war dieses System der Ausbeutung, das dem Kongo-Freistaat den berüchtigten Ruf eines brutalen Kolonialgebiets verlieh. Die internationalen Medien begannen schließlich, die Zustände anzuprangern, was zunehmend Druck auf Leopold II. auslöste. Doch für das Königreich Belgien und Leopold selbst erwiesen sich die aus der Kolonialisierung des Kongo erzielten Gewinne zunächst als bedeutend und stabilisierend. Diese komplexen und ineinander verwobenen wirtschaftlichen Beziehungen hinterließen nicht nur tiefgreifende Spuren in der Geschichte der Kolonialzeit, sondern werfen bis heute Fragen zur Verantwortung und moralischen Vertretbarkeit von Kolonialherrschaft und Ausbeutung auf.

Leopold II.'s Kongo-Freistaat wirft einen langen Schatten über die Geschichte der Kolonialisierung. Das System der Ausbeutung von Kautschuk und Elfenbein steht exemplarisch für die Skrupellosigkeit und den Einfallsreichtum, mit dem koloniale Mächte ihre ökonomischen Interessen über alle menschlichen und ethischen Bedenken stellten. Das Erbe, das diese Zeit hinterließ, ist untrennbar mit der Geschichte des Kongo und dem späteren Übergang in die belgische Kontrolle verbunden, und es bleibt Aufgabe der Historiker, die Verflechtungen von Macht, Herrschaft und wirtschaftlicher Ausbeutung weiter zu beleuchten und kritisch zu hinterfragen.

Menschenrechtsverletzungen und internationale Kritik

Unter der Regentschaft Leopolds II. entwickelte sich der Kongo-Freistaat zu einer der berüchtigtsten Kolonien der Geschichte. Die politische und ökonomische Struktur, die Leopold etablierte, basierte in erster Linie auf der Extraktion von Ressourcen und der Maximierung finanzieller Profite ohne Rücksicht auf das Wohlergehen der indigenen Bevölkerung. Diese Vorgehensweise führte zu massiven Menschenrechtsverletzungen und löste scharfe Kritik in der internationalen Gemeinschaft aus.

Bereits zu Beginn der Herrschaft Leopolds im Kongo prägte ein System der Brutalität und Ausbeutung das Bild der Kolonie. Eine Vielzahl von Berichten bezeugte unmenschliche Arbeitsbedingungen, erschreckende physische Gewalt und die Misshandlung der einheimischen Bevölkerung. Historiker schätzen, dass Millionen von Kongolesen entweder direkt durch Gewalt oder indirekt durch die sozialen und wirtschaftlichen Folgen der Ausbeutung ihr Leben verloren. Laut dem Historiker Adam Hochschild war die Verfolgung der Menschenrechte im Kongo-Freistaat besonders intensiv, da "der gierige Appetit auf Rohstoffe wie Kautschuk und Elfenbein die wenigen Hemmschwellen, die möglicherweise existierten, überwog" (Hochschild, 1998).

Die Hauptverantwortung für die Durchführung dieser Verbrechen lag bei der paramilitärischen Einheit der „Force

Publique", die als Werkzeug der kolonialen Macht diente, um den Willen des Königs gewaltsam durchzusetzen. Ihre Methoden umfassten unter anderem die Geiselnahme von Frauen und Kindern, um die männliche Bevölkerung des Kongo zur Arbeit zu zwingen, sowie brutale Körperstrafen, um Gehorsam zu erzwingen. Die belgische Verwaltung führte zudem ein Quoten- und Belohnungssystem ein, das die Verwendung maximaler physischer Gewalt förderte und damit einem Großteil der Bevölkerung unermessliches Leid zufügte.

Die Grausamkeiten im Kongo blieben nicht lange unbemerkt. Bereits Ende des 19. Jahrhunderts führten Zeugnisse von Missionaren, ehemaligen Verwaltungsbeamten und internationalen Journalisten zu einem zunehmend kritischen Bild dieses Kolonialunternehmens. Wichtige Enthüllungen über die Missstände wurden durch die fleißige Arbeit von Aktivisten und Kritikern wie dem britischen Konsul Roger Casement, der 1903 einen entlarvenden Bericht über die Zustände im Kongo-Freistaat veröffentlichte, ans Licht gebracht. In seinem Bericht stellte Casement fest: "Die Brutalität und Schrecklichkeit der Zustände, die im Kongo herrschten, entzogen sich der Vorstellungskraft und waren das Produkt einer abgründigen Missachtung menschlichen Lebens" (Casement, 1904).

In Folge dieser Enthüllungen bildeten sich internationale Bewegungen und Organisationen, wie die "Congo Reform

Association", die unter Führung prominenter Persönlichkeiten wie E.D. Morel eine Kampagne gegen die Gräueltaten im Kongo führte. Ihre Bemühungen konzentrierten sich darauf, die Öffentlichkeit aufzuklären und politischen Druck auf die belgische Regierung und Leopold II. selbst auszuüben, um die Greueltaten zu beenden und Reformen durchzusetzen.

Die Reaktionen aus anderen europäischen Staaten und den Vereinigten Staaten spiegelten den moralischen und ethischen Schock über die im Kongo verübten Verbrechen wider. Die internationale Kritik war geprägt von einem Spannungsfeld zwischen wirtschaftlichen Interessen und den prinzipiellen Menschenrechten. So ließ sich beispielsweise die britische Regierung trotz wirtschaftlicher und diplomatischer Verstrickungen dazu bewegen, die Verurteilung dieser Verbrechen öffentlich auszusprechen und auf Veränderungen zu pochen.

Trotz dieser Kritik erlangte der Kongo-Freistaat erst viele Jahre später den Status einer belgischen Kolonie, was formell die direkte Herrschaft Leopolds beendete. Doch die Nachwirkungen und das Ausmaß der verursachten Verwüstungen hinterließen ein langfristiges Erbe der Instabilität und der sozialen Zerrüttung, das noch heute in der Demokratischen Republik Kongo spürbar ist. Der Kongo-Freistaat bleibt ein mahnendes Beispiel für die dunklen Kapitel der Kolonialgeschichte und erinnert an die Notwendigkeit, historische Verbrechen aufzuarbeiten und die fundamentalsten Rechte aller Menschen zu schützen.

Die Rolle der Force Publique

Die "Force Publique" war eine zentrale Säule von König Leopolds Herrschaft im Kongo-Freistaat, einem privaten Kolonialreich, das sich schnell durch seine grausamen Praktiken einen berüchtigten Ruf erwarb. Gegründet im Jahr 1885, fungierte die Force Publique als eine von Belgien rekrutierte koloniale Polizeiorganisation, die nominal unter kolonialmilitärischer Aufsicht stand. Ihre Hauptaufgabe war der Schutz von Leopolds wirtschaftlichen Interessen, insbesondere in der Gewinnung von Kautschuk und Elfenbein, die den Kern der kolonialen Wirtschaftsstruktur bildeten.

Die Organisation rekrutierte ihre Soldaten aus verschiedenen Quellen. Europäische Offiziere führten das Kommando, während die einfachen Soldaten oftmals aus anderen Teilen Afrikas stammten, um Spannungen mit den lokalen kongolesischen Gruppen zu vermeiden, wie dies auch in anderen Kolonien der Fall war. Die Führung der Force Publique umfasste in den ersten Jahren des Kongo-Freistaats erfahrene Militärs aus Belgien, Italien, Schweden und anderen europäischen Staaten. Diese Offiziere trugen Sorge für die Ausbildung und das Management der Truppen.

Die angewandten Methoden zur Sicherstellung dieser Ausbeutung waren in ihrer Härte beispiellos. Die Soldaten der Force Publique wurden nicht nur genutzt, um Rebellionen niederzuschlagen, sondern auch, um die Einhaltung der unmenschlichen Quoten bei der Kautschukernte zu erzwingen. Es gibt zahlreiche Berichte von Augenzeugen und Forschern, die darauf hinweisen, dass die Truppen systematisch Gewalt anwandten, einschließlich Zwangsarbeit, Geiselnahme, Folter, Verstümmelungen und Massenhinrichtungen. Ein bezeichnendes Zitat aus dem Bericht von George Washington Williams, einem afroamerikanischen Abolitionisten, der den Kongo bereiste, lautet: „... die wahren Schrecken dieses Landes sind nicht zu beschreiben, ohne dabei vor Grauen zu erzittern".

Besonders berüchtigt war die Praxis, die Hände von getöteten Afrikanern abzuhacken, um den Munitionsverbrauch zu rechtfertigen oder zu verbuchen. Dieses abscheuliche Verfahren diente als perfides Kontrollinstrument und hinterließ eine ikonische, grausame Symbolik, die die Brutalität der gesamten Kolonialverwaltung verdeutlicht. Solche Maßnahmen erlangten im Zuge zunehmender Berichte durch Missionare und Beobachter im internationalen Diskurs große Aufmerksamkeit.

Es ist wichtig zu verstehen, dass die Gründung der Force Publique auch in einer Periode stattfand, in der die Mechanismen kolonialer Kontrolle in vielen Gebieten Afrikas gerade entwickelt wurden. Leopold II. setzte eine Politik des divide et impera, der Teilung und Herrschaft, durch

Manipulation lokaler Machtsysteme ein, um die Effektivität der Force Publique zu steigern. Berichte aus dieser Zeit verdeutlichen die Wirksamkeit dieser Strategie – loyale Gruppen wurden belohnt, während Aufständische starke Vergeltungsmaßnahmen zu fürchten hatten.

Trotz aller Anstrengungen, die Gräueltaten einzudämmen und den Kongo-Freistaat als humanitäres Projekt zu brandmarken, führte der Druck internationaler Berichterstattung schließlich doch zur Preisgabe der vollständigen Kontrolle an den belgischen Staat im Jahr 1908. Der Kongo wurde formell zur belgischen Kolonie erklärt, jedoch blieben viele der grundlegenden Strukturen unverändert.

Die grausame Effizienz der Force Publique bei der Sicherung von Leopolds Interessen im Kongo-Freistaat hinterließ tiefe Spuren in der kollektiven Erinnerung und wirft bis heute einen düsteren Schatten auf Belgiens koloniale Vergangenheit. Diese paramilitärische Einheit wurde zur Metapher für die gesamten Gräuel des Kolonialismus, ein Beispiel für das Versagen der Menschlichkeit angesichts der Gier. Es existiert ein fortdauerndes Bestreben in der Geschichtsschreibung, diese dunkle Epoche verstehen und aufarbeiten zu können, was jedoch – angesichts der komplexen und traumatischen Natur dieses Kapitels der Geschichte – eine herausfordernde Aufgabe bleibt.

Wirtschaftliche Interessen und Auswirkungen auf Belgien

Die wirtschaftlichen Interessen des Kongo-Freistaats unter Leopold II. und deren tiefgreifende Auswirkungen auf Belgien können kaum überbewertet werden. Der Kaiser des Kongo-Freistaats, wie Leopold II. ebenfalls genannt wurde, betrachtete die riesige zentrale Region Afrikas nicht nur als persönlichen Besitz, sondern als einen lukrativen, wirtschaftlichen Spielplatz, der seinen finanziellen Appetit stillen sollte. Das primäre Interesse des monarchischen Architekten des Kolonialprojekts war es, den Reichtum dieser Region zu extrahieren und einen erheblichen wirtschaftlichen Vorteil für sich selbst und in gewissem Maße auch für Belgien zu gewinnen.

Anfänglich galt Leopolds Interesse den möglichen Bergbauressourcen des Gebiets, wie Gold und Diamanten, doch mit der Zeit wurden andere Produkte, insbesondere Kautschuk, von zentraler Bedeutung. Die Nachfrage nach Kautschuk war gegen Ende des 19. Jahrhunderts aufgrund der industriellen Revolution und dem Aufstieg der Automobilindustrie stark gestiegen. Diese Entwicklung machte Kautschuk zu einem äußerst wertvollen Rohstoff, den der Kongo-Freistaat in großen Mengen liefern konnte.

Leopolds imperiale Bestrebungen waren fest in wirtschaftlichen Interessen verwurzelt und hatten beträchtliche

Auswirkungen auf Belgien. Die Einnahmen aus dem Kongo-Freistaat flossen durch geschickte und oft verschleierte Finanzmanöver in die belgische Wirtschaft und wurden zur Finanzierung zahlreicher öffentlicher Bauvorhaben genutzt. Beispiele dafür sind einige der bekanntesten Bauwerke in Brüssel, wie der Triumphbogen des Cinquantenaire und das monumentale Zentralbahnhof. Diese Bauprojekte dienten dazu, Belgien als reiche und kulturell aufstrebende Nation zu präsentieren und den internationalen Ruf des Landes zu stärken.

Die wirtschaftliche Ausbeutung des Kongo durch Leopold II. war daher in vielerlei Hinsicht ein Katalysator für den gesellschaftlichen und kulturellen Wandel in Belgien selbst. Während das Land von den Großprojekten profitierte, die durch die Reichtümer des Kongo ermöglicht wurden, etablierte sich innerhalb der belgischen Gesellschaft eine zwiespältige Beziehung zu ihren kolonialen Bemühungen. Einerseits war da der Stolz auf die sichtbare Entwicklung des Landes und andererseits die wachsende Kritik an den unmenschlichen Methoden der Kolonialherrschaft, die zunehmend auch das belgische öffentliche Bewusstsein erreichten.

Leopolds persönlicher Reichtum, der aus der Ausbeutung des Kongo stammte, war rohstoffgetrieben und spielte eine große Rolle bei der Umgestaltung des belgischen Staatswesens. Historisch gesehen hatte Belgien vor der Erlangung der Unabhängigkeit des Kongo-Freistaats keine ausgeprägte koloniale Tradition, und die Ausplünderung des Kongo stellte ein bedeutendes Novum dar: ein kleines, europäisches Land im Besitz einer großen, überseeischen Kolonie, aus der beträchtliche Reichtümer flossen. Dies veränderte nicht nur die belgische Wirtschaft, sondern eröffnete auch die Frage der moralischen Verpflichtungen, die bis heute nachhallt.

Die wirtschaftliche Dominanz, die Belgien aus den Kongo-Ressourcen schöpfte, rief jedoch auch internationale Beobachtungen und schließlich Widerstand hervor. Wie der britische Diplomat Casement in seinen Berichten feststellte, „hatte der Kongo-Freistaat nicht nur mit den Herausforderungen des Handels zu kämpfen, sondern schien fest entschlossen, seine Erfüllungsverpflichtungen ausschließlich auf rücksichtslose wirtschaftliche Expolitation auszurichten" [1]. Dieser Blick von außen trug zur allmählichen Enthüllung der Gräueltaten bei, auf die in späteren Kapiteln noch eingegangen wird.

Mit zunehmendem internationalen Druck und wachsender Kritik wurde schließlich die Debatte über die koloniale Praxis in Belgien unüberhörbar, was die belgische Politik und das gesellschaftliche Umfeld nachhaltig beeinflusste. Der wirtschaftliche Nutzen, den Belgien durch den Kongo erfahren hatte, war in vielen Bereichen von unbestreitbarer Tragweite. Doch so groß der materielle Profit auch war, so belastend wog das moralische Erbe der Zerstörung und Ausbeutung, das den belgischen Staat bis heute beeinflusst.

[1] Casement, R. Bericht über die Verwaltung des Congo-Freistaats, 1904.

Die Aufdeckung der Gräueltaten: Internationale Missionen und Berichterstattung

Die Enthüllung der Gräueltaten im Kongo-Freistaat markiert einen Wendepunkt in der Kolonialgeschichte und war maßgeblich dafür verantwortlich, das internationale Bewusstsein für die Schrecken der kolonialen Ausbeutung zu schärfen. In diesem Zusammenhang vermischten sich Berichterstattung und investigative Missionen zu einer kraftvollen Bewegung, die letztlich dazu führte, dass Entwicklungen in der belgischen Kongoverwaltung unumgänglich wurden.

Zu den ersten, die die Misshandlungen öffentlich bekannt machten, gehörten Missionare, die im Kongo tätig waren. Sie berichteten von grausamen Praktiken wie der Verstümmelung und Tötung von Eingeborenen, die nicht in der Lage waren, die geforderten Quoten für Kautschuk zu erfüllen. Die Briefe und Berichte dieser Missionare dienten als grundlegende Dokumente für die spätere Kritik und internationale Empörung über die Zustände im Kongo.

Die Rolle der Presse: Maßgeblich an der internationalen Bekanntmachung der Situation war die britische Presse, namentlich Zeitungen wie die *„Daily Mail"* und die *„Times"*, die über die schockierenden Praktiken im Kongo berichteten. Einer der führenden Journalisten, der die Aufmerksamkeit der Weltöffentlichkeit auf die Gräueltaten im Kongo lenkte, war Edmund D. Morel. Seine Recherchen ergaben, dass das von Leopold II. eingerichtete System der wirtschaftlichen Ausbeutung zu massiven Menschenrechtsverletzungen und katastrophalen demografischen Auswirkungen auf die kongolesische Bevölkerung führte.

Morel, ein ehemaliger Reedereiangestellter, war es, der die Diskrepanz zwischen den massiven Ausfuhren von Kautschuk und Elfenbein und den Minimalgütern, die in den Kongo verschifft wurden, aufdeckte. Seiner Ermittlungen beschrieben ein klar strukturiertes System der Sklavenarbeit und brutaler Repression, welches er in seinem Buch *„Red Rubber"* detailliert darlegte. Dies löste eine Welle der Entrüstung aus und führte zur Bildung der *„Aborigines Protection Society"*, die sich mit den Opfern des Kolonialismus solidarisierte.

Im Jahr 1904 wurde auf Initiative der britischen Regierung die **Kongo-Reformbewegung** ins Leben gerufen. Dabei handelte es sich um eine der ersten großen internationalen Menschenrechtskampagnen, die eine breite Koalition aus Missionaren, Menschenrechtsaktivisten und Politikern vereinte. Die prominenten Quäker und katholischen

Missionare, wie William Sheppard und die Herz-Jesu-Priester, waren unverzichtbar für die Dokumentation und Veröffentlichung der unvorstellbaren Verhältnisse im Kongo.

Eine der bedeutendsten Quellen der Anklage gegen das Regime von Leopold II. war der als Aufklärer agierende amerikanische Schriftsteller Mark Twain. In seinem Prosastück „*King Leopold's Soliloquy*" nahm Twain den belgischen König aufs Korn und machte die Verstrickung Leopolds in die systematischen Grausamkeiten auf bissige Weise öffentlich. Die Kritik war beißend: „*Ich habe das Land gedemütigt, so sehr, dass die Lichter der Zivilisation scheinen konnten. Dafür gebührt mir der Dank der Menschheit.*" schrieb Twain, was international große Beachtung fand.

Parallel dazu unternahm der britische Konsularbeamte Roger Casement im Jahr 1903 eine gründliche Untersuchung vor Ort. Seine „*Casement-Report*" genannten Befunde legten detaillierte Beweise vor und bestätigten die Berichte über Vergewaltigungen, Morde und das Abschneiden von Gliedmaßen an wehrlosen Kongolesen. Diese Berichterstattungen machten es der belgischen Regierung unmöglich, die Vorwürfe weiter zu ignorieren.

Die systematische Dokumentation und internationale Mobilisierung durch Akteure wie Morel, Twain und Casement führte schlussendlich dazu, dass das belgische Parlament im Jahr 1908 die Verwaltung des Kongo von Leopold übernahm und es zur offiziellen belgischen Kolonie erklärte. Dieses einschneidende Umschwenken markiert die Wirkungsmacht der organisierten internationalen Kritik, deren Impuls von moralischen und humanitären Überzeugungen geleitet wurde.

Insgesamt zeigt die Aufdeckung der Verbrechen im Kongo-Freistaat eindrucksvoll, wie entscheidend es war, dass mutige Individuen und journalistische Pioniere ihre Stimme erhoben, um das Schweigen über die Schrecken des kolonialen Systems zu brechen. Dieses Kapitel der Geschichte ist ein bleibendes Zeugnis für die Kraft des kritischen Blicks und der unerbittlichen Berichterstattung, um soziale Missstände aufzudecken und politische Veränderungen zu forcieren.

Leopold II.: Öffentliche Persona versus privater Profit

Leopold II. von Belgien gilt als eine der zwiespältigsten Figuren der Kolonialgeschichte. Auf der einen Seite stand er für viele seiner Zeitgenossen als der ambitionierte König, der Belgien zu einem wichtigen Akteur auf der internationalen Bühne machte. Auf der anderen Seite wurde er zunehmend als skrupelloser Ausbeuter bekannt, dessen Profiteurstum sich direkt auf das Leiden und die Ausbeutung der kongolesischen Bevölkerung stützte.

In der öffentlichen Wahrnehmung präsentierte sich Leopold II. als Philanthrop und Zivilisator. Der Kongo-Freistaat, so argumentierte er, sollte ein Vorbild für die westliche Welt sein, das "Licht der Zivilisation" in das "dunkle Herz Afrikas" zu tragen. Bei der Brüsseler Geographischen Konferenz von 1876 erklärte Leopold: "Die Zivilisation Afrikas wird nie das Werk eines einzigen Landes, sondern der ganzen zivilisierten Welt sein." (Quelle: MacMillan, Margaret. *The Lion's Share: A Short History of British Imperialism*, 1998) Diese wohlklingenden Worte fanden auf internationaler Ebene Gehör und unterstützten seine Behauptungen, dass seine Bestrebungen uneigennützig seien.

Doch die privaten Absichten des Königs waren weit weniger altruistisch. Im Gegensatz zu seiner öffentlichen Persona waren Leopolds Zielsetzungen tief in persönlichen Gewinnstreben verwurzelt. Der Kongo bot immense Reichtümer - insbesondere in Form von Kautschuk und Elfenbein - und Leopold setzte alles daran, diese Ressourcen so effektiv wie möglich zu nutzen, zum Vorteil seines eigenen Vermögens. Historiker schätzen, dass Leopold persönlich Milliarden von heutigen US-Dollar aus dem Kongo gewinnen konnte, während die lokale Bevölkerung in Armut und Unterdrückung gehalten wurde. (Quelle: Hochschild, Adam. *König Leopolds Geist: Eine Geschichte von Gier, Terror und Heldentum im kolonialen Afrika*, 1998)

Die Methoden, mit denen diese Gewinne erzielt wurden, zeugen von einem erschreckenden Mangel an Menschlichkeit. Berichte über brutale Ausbeutung durch Leopolds Agenten, bekannt als die "Force Publique", sind zahlreich dokumentiert und markieren eine der dunkelsten Epochen der Kolonialgeschichte. Während der König seine Rolle als fortschrittlicher Herrscher propagierte, Missionare und internationale Berichterstatter im Kongo jedoch eine andere Geschichte erfuhren. Brutalität, Zwangsarbeit und systematischer Raub waren Alltag für die kongolesische Bevölkerung (Quelle: Morel, E.D. *Red Rubber: The Story of the Rubber Slave Trade Flourishing on the Congo*, 1906).

Leopolds geschickte Nutzung seiner öffentlichen Rolle als wohlwollender Monarch erlaubte ihm, Kritik abzuwehren und Diplomaten sowie andere Staatsoberhäupter zu täuschen. In einem Brief an einen Vertrauten schrieb Leopold, "Ich werde keine Entschuldigung an die Welt abgeben. Was das belgische Volk wünscht, das werde ich allein entscheiden." (Quelle: Journal der belgischen Kolonialgeschichte, 1905) Diese Entschlossenheit, gepaart mit einer beispiellosen Ausnutzung seiner Position, ermöglichte es ihm, Kontroversen jahrelang zu überstehen.

Dennoch begann der Druck aus der internationalen Gemeinschaft zusehends zu steigen. Der Bericht von George Washington Williams aus dem Jahr 1890 und die weitverbreitete Veröffentlichung von Beweisen über die Gräueltaten im Kongo, erhielten zunehmend Aufmerksamkeit. Leopolds geschäftlicher Erfolg begann, von seinem moralischen und politischen Versagen überschattet zu werden. Dahinter lag die unermüdliche Arbeit von Menschenrechtsaktivisten, die das wahre Gesicht des Kongo-Freistaates der Weltöffentlichkeit zugänglich machten.

Die Diskrepanz zwischen der öffentlichen Persona Leopolds und seinen privaten Profitinteressen bietet weiterhin einen aufschlussreichen Blick auf die Dynamiken imperialer Herrschaft. Sie zeigt, wie sehr persönliches Interesse und staatliche Expansion ineinander verwoben werden können und werfen grundlegende Fragen zum Ethos solcher imperialen Bestrebungen auf. Leopold II. bleibt im kollektiven Gedächtnis als Symbol der egozentrischen Ausbeutungs- und Profitgier einer Zeit, die behauptete, der Menschheit zu dienen, während sie immense menschliche Kosten verursachte.

Der Übergang vom Kongo-Freistaat zur belgischen Kolonie

Der Übergang vom Kongo-Freistaat zur belgischen Kolonie markierte einen Wendepunkt in der europäischen Kolonialgeschichte und war das Ergebnis globalen Drucks, der auf die Anklagen gegen die immensen Menschenrechtsverletzungen unter der Herrschaft von König Leopold II. reagierte. Dieser Abschnitt des Buches untersucht die komplexen Mechanismen, die zu einem Regimewandel führten, der paradoxerweise sowohl eine Erleichterung als auch eine neue Herausforderung für die Bevölkerung des Kongo darstellte.

Die skandalösen Berichte über Menschenrechtsverletzungen und die wirtschaftliche Ausbeutung im Kongo-Freistaat hatten eine Welle der Empörung in der internationalen Öffentlichkeit hervorgerufen. Die Reformbewegungen und humanitären Organisationen, angeführt von Persönlichkeiten wie Edmund Dene Morel und Roger Casement, verglichen die Zustände im Kongo mit einem „barbarischen Schrecken, der jeder Zivilisation spottet" (Morel, E. D., *Red Rubber*, 1906). Die internationale Berichterstattung übte Druck auf europäische Mächte aus, die sich zunehmend gezwungen sahen, diplomatisch zu reagieren.

Trotz der anfänglichen Weigerung Leopolds, die Kontrolle über sein privates Reich abzugeben, wurde die politische Situation unhaltbar. Diverse diplomatische Auseinandersetzungen und Investigativberichte der Jahre 1904–1908 führten zu erneuten Verhandlungen, die letztlich in der belgischen Übernahme des Freistaates im Jahr 1908 mündeten. Die Dringlichkeit dieser Entscheidung speiste sich aus der Notwendigkeit, der internationalen Kritik zu begegnen und Belgien vor einem vollständigen Reputationsverlust zu bewahren.

Innenpolitisch war Leopold II. bestrebt, den immensen Druck zu minimieren, indem er die Angelegenheit als innenpolitische Verantwortung Belgiens darstellte und dem belgischen Parlament schließlich die Kontrolle anvertraute. „Ich habe gehandelt, um im Interesse der Belgier, die den Verlust eines solchen Territoriums nicht akzeptieren würden“ (Leopold II., private Korrespondenz, 1908), rechtfertigte der König letztlich die Abtretung.

Der Reformprozess mündete in der formellen Annexion des Kongo als belgische Kolonie durch das belgische Parlament am 15. November 1908. Dieser Rechtsakt markierte das Ende der Willkürherrschaft eines einzelnen Monarchen und brachte eine formalisierten Verwaltung, die sich nach europäischen Standards anlehnte. Wenngleich die koloniale Regierung weiterhin von Belgiern dominiert wurde und nicht in der Lage war, die kolonialen Strukturen radikal zu ändern, bedeutete die Neuordnung der Verwaltung für die Menschen im Kongo sowohl Hoffnung auf Besserung als auch die Enttäuschung über anhaltende Fremdherrschaft.

Trotz der formalen Einschränkungen änderte sich im realen Leben der Kongolesen jedoch nur wenig. Die belgische Kolonialverwaltung übernahm viele der ausbeuterischen Praktiken des Freistaats, wenn auch unter dem Deckmantel des Gesetzes und der öffentlichen Ordnung. Der „Code de l'Indigénat“ blieben praktizierende Normen, die weiterhin die Disposition und Reglementierung des täglichen Lebens der kongolesischen Bevölkerung bestimmten. Richard Bradshaw merkt hierzu kritisch an, dass der belgische Kolonialstaat „eine strukturelle Fortsetzung von Leopolds persönlichem Imperium darstellte, wenngleich reformierter Form" (Bradshaw, R., *Central Africa: The Former British States and the Congo*, 1987).

Die Übergangsphase markiert dennoch eine ideologische Verschiebung: Während die wirtschaftlichen Interessen Belgiens weiterhin im Vordergrund standen, kam es zu vereinzelten sozialen und infrastrukturellen Projekten, die darauf abzielten, die Lebensqualität im Kongo zu verbessern. Das belgische Kolonialregime prägte so das Gesicht Zentralafrikas bis hin zur Unabhängigkeit im Jahr 1960, wobei die Erblast der Zeit Leopolds in der politisch-ökonomischen Struktur des postkolonialen Kongos markante Spuren hinterließ.

Methoden der Ausbeutung und der internationale Widerstand

Wirtschaftliche Strukturen und die Ausbeutung natürlicher Ressourcen

Die wirtschaftlichen Strukturen, die unter der Herrschaft Leopolds II. im Kongo-Freistaat etabliert wurden, waren primär darauf ausgelegt, maximale Profite aus den natürlichen Ressourcen des Gebietes zu erzielen. Von besonderem Interesse waren Kautschuk und Elfenbein, die beide einen hohen Marktwert auf dem internationalen Markt hatten. Diese Ressourcen wurden auf eine Weise ausgebeutet, die beispiellose Härte und Rücksichtslosigkeit zeigte und dabei das Leben unzähliger Kongolesen zerstörte.

Leopolds Administration entwickelte ein System, das stark auf der Nötigung der lokalen Bevölkerung beruhte, um die gewünschten Rohstoffe zu extrahieren. Zu diesem Zweck wurde das Land in riesige Parzellen aufgeteilt, die zwischen dem König selbst und verschiedenen Konzessionsgesellschaften verteilt wurden. Diese privaten Unternehmen, zusammen mit dem Staat im Allgemeinen, waren für die

Erhebung von Kautschuk- und Elfenbeinabgaben verantwortlich. Ein bedeutender Aspekt dieses Wirtschaftssystems war die Einführung eines Monopols auf die Ausbeutung der natürlichen Ressourcen, das die freie Ausübung des Handels und die lokale Wirtschaftsumgebung erheblich einschränkte.

Laut Hochschild (1998): "Die eröffneten Anreizsysteme sorgten dafür, dass der Profit maximiert wurde, indem der Preis der humanen Rücksichtnahme eingespart wurde". Diese Systematisierung der Ausbeutung ermöglichte es den Konzessionären, dass der Kongo trotz seiner immensen Reichtümer keine wirtschaftlichen Vorteile daraus zog. Die Methoden wurden von einem unbarmherzigen Streben nach Gewinn angetrieben, das keine Rücksicht auf indigene Rechtssysteme oder die soziale Struktur der betroffenen Gemeinschaften nahm.

Ein besonders grausames Element der Ausbeutung natürlicher Ressourcen war die Förderung des sogenannten "Kautschuk-Terrors". Von den einheimischen Völkern wurde erwartet, dass sie bestimmte Mengen Kautschuk sammelten; das Versagen bei der Erfüllung dieser Quoten führte oft zu brutalen Bestrafungen, die Zwangsarbeit, Zerstörung von Dörfern, Ermordungen und in vielen Fällen extreme körperliche Verstümmelungen umfassten. Es war dieses Ergebnis des wirtschaftlichen und sozialen Drucks, welches internationale Alarmglocken läutete und zu wachsamem Protest seitens Humanitären Organisationen und religiösen Gruppen führte.

Edward Dene Morel, der zu einem der kritischsten Stimmen gegen die Menschenrechtsverletzungen im Kongo wurde, erklärte: "Der Kongo ist nicht nur ein Verbrechen, sondern ein erdrückendes Verbrechen" (Morel, 1904). Morels Aufzeichnungen helfen dabei, die Verbindung zwischen der Ausbeutung natürlicher Ressourcen und den sozialen Strukturen der Zwangsarbeit klar zu machen.

In den frühen 20. Jahrhundert begannen missionarische Berichte und Lord Glasfords historische Untersuchung, die internationalen Gemeinschaft über die im Kongo begangenen Gräueltaten und den strukturierten wirtschaftlichen Missbrauch zu informieren. Der dadurch erzeugte internationale Druck zwang schließlich Leopold dazu, Veränderungen vorzunehmen und Reformen zur Verbesserung der Lage zumindest vorzutäuschen.

Im Rückblick zeigen die Erfahrungen des Kongo-Freistaats unter Leopolds Herrschaft, wie schädlich die ökonomischen Strukturen, die ausschließlich auf maximalen Profit ausgerichtet sind, sein können. Sie hinterließen ein Erbe der Misere und des Verlustes, das viele Jahrzehnte lang die Entwicklung der Region beeinflusste. Zudem ist es ein kühner Beweis für die Notwendigkeit einer umsichtigen Ressourcenverwaltung sowie eines auf den Respekt gegenüber den einheimischen Bevölkerungen basierenden Geschäftsmodells.

Einsatz von Zwangsarbeit und die Rolle der Force Publique

Im Mittelpunkt der brutalen Ausbeutung des Kongo-Freistaats unter der Herrschaft Leopold II. steht der Einsatz von Zwangsarbeit, orchestriert durch die berüchtigte Kolonialarmee, die *Force Publique*. Diese paramilitärische Einheit diente als ereignisreiches Werkzeug in Leopolds skrupellosem Streben nach maximalem Profit, indem sie die einheimische Bevölkerung zur Arbeit auf Kautschukplantagen und in Minen zwang.

Die Struktur der *Force Publique* war bemerkenswert effektiv und grausam organisiert. Sie bestand hauptsächlich aus afrikanischen Soldaten, die oft unter Zwang rekrutiert wurden und von europäischen Offizieren kommandiert wurden. Diese militärische Einheit, die zu Beginn des kongolesischen Abenteuers im Rahmen der sogenannten 'Belgischen Neutralitätspolitik' aufgestellt wurde, spielte eine Schlüsselrolle bei der Durchsetzung von Ordnung nach den strikten Vorgaben des belgischen Monarchen. Leopold II. hatte kein Interesse daran, die sozialen oder wirtschaftlichen Strukturen des Kongo zu respektieren. Vielmehr diente diese geografische Region als gigantische Experimentierfläche für Zwangsmaßnahmen, die darauf abzielten, den Ertrag an wertvollen Rohstoffen wie Kautschuk und Elfenbein zu maximieren.

Der Zwangsarbeitseinsatz wurde durch ein Netz von Verordnungen und sogenannten 'Arbeitspflichten' verstärkt, die Stammeshäuptlinge zwangen, Arbeitskräfte für die Administration bereitzustellen. Historiker wie Adam Hochschild in seinem Werk *König Leopolds Geist* betonen, dass die einheimischen Arbeiter unter härtesten Bedingungen ihre Arbeitskraft für den erweiterten Zugriff einer übermächtigen, distanzierten Herrschaft hergeben mussten. Der vom belgischen König erzeugte immense Druck führte nicht selten zu brutalen Vergeltungsmaßnahmen, wenn Quoten nicht erfüllt wurden. Verstümmelungen zur Bestrafung waren keine Seltenheit und zeugen von der gnadenlosen Vorgehensweise, die der *Force Publique* unterlag.

Zu diesen Verbrechen gibt es viele erschütternde Berichte. Die Strafen bei nicht erfüllten Arbeitsquoten beinhalteten häufig verheerende körperliche Misshandlungen, von denen das Abhacken von Händen zum synonyme Symbol der Brutalität wurde, mit der der *Force Publique* agierte. Diese entsetzlichen Praktiken führten zu einem dramatischen Rückgang der kongolesischen Bevölkerung, geschätzt auf bis zu zehn Millionen Menschen - eine Demografie, die in einer der größten humanitären Katastrophen des 19. und frühen 20. Jahrhunderts mündete.

Das Perfide an der Existenz der *Force Publique* war nicht nur deren brutale Repression, sondern auch ihre langsame Transformation in eine profitable quasi-private Armee, die loyale Dienste durch immer größer werdende ökonomische Anreize leistete. Laut Jean Stengers und seiner umfassenden historischen Analyse *Archives africaines* profitierte Leopold II. direkt von den durchsetzungsfähigen Mechanismen der *Force Publique,* indem er die koloniale Volkswirtschaft mit eiserner Hand nach eigenen Interessen gestaltete.

Diese Taktiken waren nicht nur auf kurzfristige Kapitalerträge ausgerichtet, sondern basierten auf einem nachhaltigen, systematischen Einsatz von Angst und Furcht, um den einheimischen Widerstand zu unterdrücken. Die Präsenz der *Force Publique* war integraler Bestandteil einer größeren, von Belgien gesteuerten Infrastruktur der Kontrolle und des Machterhalts über den Kongo.

International rief die Existenz und das Vorgehen der *Force Publique* schließlich breiten Widerstand hervor, als Berichte über die unbeschreiblichen Grausamkeiten an die Öffentlichkeit gelangten. Humanitäre Organisationen, Missionare sowie Journalisten und Schriftsteller spielten eine key Rolle dabei, Licht auf diese dunkle Seite des Kolonialismus zu werfen. Eine der bedeutendsten Schriften in diesem Zusammenhang bietet E.D Morels *Roter Kautschuk,* das die Methoden der Ausbeutung bis tief ins Innerste entlarvt und zu vielfältigen Reaktionen seitens der internationalen Gemeinschaft führte.

Infrastrukturprojekte und ihre versteckten Kosten

Leopold II. von Belgien verstand es meisterhaft, seine kolonialen Bestrebungen als zivilisatorische Mission zu verschleiern. Unter dem Deckmantel des Fortschritts und der Modernisierung initiierte er eine Reihe von Infrastrukturprojekten im Kongo-Freistaat, die der Erschließung dieses riesigen Territoriums dienen sollten. Auf den ersten Blick schien Leopold II. bahnbrechende Verbesserungen zu schaffen, indem er den Bau von Straßen, Eisenbahnen und Telegrafenleitungen anstieß. Doch ein genauerer Blick auf diese Projekte enthüllt die enormen menschlichen und wirtschaftlichen Kosten, die mit ihrem Bau verbunden waren.

Die Eisenbahnlinie zwischen Matadi und Léopoldville, ein zentrales Infrastrukturprojekt, sollte den enormen Höhenunterschied zwischen der Küstenregion und dem Binnenland überwinden. Dieses Projekt wurde mit unmenschlichen Anstrengungen und unter schrecklichsten Bedingungen vorangetrieben. Viele Einheimische wurden unter Zwangs- und Arbeitsverträgen eingesetzt und mussten schwere körperliche Arbeiten verrichten, meist ohne angemessene Tools oder Schutz. Die feuchte, tropische Umgebung machte die Arbeitsbedingungen noch schlimmer, Krankheiten wie Malaria und Schlafkrankheit dezimierten die Zwangsarbeiter.

Eine Studie des damaligen britischen Konsuls Roger Casement, bekannt als *The Casement Report*, dokumentiert die erschreckend hohen Todeszahlen sowie die unglaublichen

Leiden der einheimischen Arbeiter. Casement schrieb: "Für jede Bahnschwelle, die verlegt wurde, hat ein Leben geendet." Die Infrastrukturprojekte wurden nicht als Mittel zur Entwicklung der lokalen Wirtschaft implementiert, sondern vielmehr als Instrument der Ausbeutung, das den Transport von Ressourcen, insbesondere Ivor und Kautschuk, aus dem Inneren des Landes hin zur Küste effizienter gestalten sollte (Casement, 1904).

Neben den physischen Auswirkungen auf die Bevölkerung und die Landschaft des Kongo hatte dieser Infrastrukturwahn auch signifikante finanzielle Implikationen. Leopold selbst verschuldete sich immer tiefer, während seine privaten Unternehmungen im Kongo enorme Profite einstrichen. Die Kosten zur Bewerkstelligung dieser Konstruktionen überstiegen bei weitem den geschätzten Nutzen für die lokale Bevölkerung, die größtenteils von jeder Art von wirtschaftlichen Vorteilen ausgeschlossen blieb. Die Einnahmen aus den Kautschuk- und Elfenbeinfeldern flossen in die königlichen Kassen und unterstützen seine verschwenderischen Bauprojekte in Belgien, wie z.B. den Bau prachtvoller Paläste und öffentlicher Einrichtungen.

Ein weiteres verborgenes Problem, das durch Leopolds Infrastrukturprojekte aufkam, war die langfristige Veränderung der sozialen Strukturen im Kongo. Durch den Ausbau der Infrastruktur wurde der Kontakt zwischen den verschiedenen Stämmen und Ethnien stark verändert. Die traditionelle Organisation des sozialen Lebens wurde oft durch europäische Verwaltungsstrukturen ersetzt, die keine Rücksicht auf die bestehenden kulturellen Gegebenheiten nahm. Dieser destabilisierende Effekt trug zur Fragmentierung und zum langfristigen sozialen Unfrieden in der Region bei.

Die kritische Betrachtung der Infrastrukturprojekte unter der Herrschaft von Leopold II. macht deutlich, dass sie weniger zur Förderung der kolonialen Bevölkerung gedacht waren, sondern vielmehr der Maximierung der wirtschaftlichen Ausbeutung dienten – auf Kosten unzähliger Menschenleben und der sozialen Integrität der Gemeinschaften im Kongo. Bis heute wirken diese tiefgreifenden Eingriffe nach und stellen eine tragische Mahnung dar, die niemals in Vergessenheit geraten darf.

Mit der schrittweisen Offenlegung dieser Machenschaften wuchs internationaler Widerstand. Humanitäre Aktivisten und Organisationen der damaligen Zeit begannen, diese Missstände publik zu machen und Druck auf die europäischen Mächte sowie auf die belgische Regierung auszuüben, was schlussendlich zu Reformen und der Übertragung des Kongo-Freistaats in die direkte Verwaltung der belgischen Regierung führte. Dennoch blieb das Vermächtnis dieser Projekte bestehen und prägte den Lauf der kongolesischen Geschichte nachhaltig.

Die Humanitäre Krise und Berichte über Menschenrechtsverletzungen

Der Kongo-Freistaat, von Leopold II. als sein persönlicher Besitz verwaltet, entwickelte sich rasch zu einem Schauplatz unvorstellbarer Menschenrechtsverletzungen, die eine humanitäre Krise von historischem Ausmaß hervorriefen. Die Berichte über die dortigen Zustände sind sowohl erschreckend als auch aufschlussreich und spiegeln die düsteren Aspekte von Leopolds Kolonialprojekt wider.

Der strukturelle Rahmen der Brutalität im Kongo war eng mit der Gewinnmaximierung durch den Rohstoffabbau, insbesondere von Kautschuk, verknüpft. Der enorme internationale Bedarf an Kautschuk zu Ende des 19. Jahrhunderts trieb die kolonialen Ambitionen. Um die Maximierung dieses natürlichen Reichtums zu gewährleisten, griffen Leopolds Beauftragte auf Zwangsarbeit zurück. Die Bevölkerung wurde mit brutalen Mitteln zur Arbeit gezwungen, wobei die Force Publique - ein paramilitärisches Korps - als Instrument extremer Gewalt fungierte. Unter dem Druck der Peitsche und oft infolge grausamer Strafen mussten Männer, Frauen und Kinder arbeiten oder wurden getötet, was tiefgehende soziale Zerrüttungen und Bevölkerungsverluste verursachte.

Zeitzeugenberichte, die durch Missionare und Reisende an die Öffentlichkeit drangen, belegten die unmenschlichen

Bedingungen im Kongo. Einer der bekannteren Berichte stammt von dem britischen Konsul Roger Casement, dessen Dokumentation über die Gräueltaten im „Casement Report" Einblick in das Ausmaß der Verbrechen gab. In seinem Bericht schilderte er die systematische Ausbeutung und den Terror, denen die Kongolesen ausgesetzt waren. Casement schrieb: „Es ist ein Land der Schatten, das in ewiger Knechtschaft lebt." Seine Aufzeichnungen schockierten die Welt und trugen dazu bei, das öffentliche Bewusstsein zu schärfen.

Der Einfluss zeitgenössischer Medien zur Enthüllung der Missstände kann nicht hoch genug eingeschätzt werden. Illustrierte Zeitschriften und Zeitungen in Europa und Amerika verbreiteten illustrierte Berichte und Fotografien, die die Aufmerksamkeit einer zunehmend sensibilisierten Öffentlichkeit erregten. Die Darstellung abgehackter Hände, ein unsägliches Symbol der Grausamkeit, wurde zum Inbegriff der Barbarei im Kongo und befeuerte die Empörung vieler Menschen.

Diese Berichte lösten eine Welle des internationalen Protests aus, die von humanitären Organisationen und prominenten Persönlichkeiten geführt wurde. Vertreter von Kirchen und Menschenrechtsgruppen verlangten ein schnelles Einschreiten europäischer Regierungen. Eine Kehrtwende vollzog sich durch ein wachsendes Bewusstsein über die Notwendigkeit eines ethischen Rahmens für den

Kolonialismus, was letztlich die Grundlage für zukünftige Bemühungen um Internationales Recht legte.

Nichtsdestotrotz blieb die Krise im Kongo ein Beispiel für die defizitäre internationale Handlungsbereitschaft. Trotz der Enthüllungen dauerte es Jahre, bis ernsthafte Reformen umgesetzt wurden. Historiker sehen in den Vorgängen im Kongo einen frühen Vorboten moderner Diskussionen über Menschenrechte und Kolonialverbrechen. Diese Ereignisse führten schlussendlich nicht nur zur Entlarvung von Leopolds Methoden, sondern auch zur Rückgabe des Kongo an den belgischen Staat, wobei der Monarch sein persönliches Machtinstrument verlor.

Die humanitäre Krise im Kongo und die Berichte über Menschenrechtsverletzungen bleiben ein mahnendes Beispiel dafür, wie wirtschaftlicher Gewinn um jeden Preis unzählige Menschenleben zerstören kann. Gleichzeitig ebenen sie den Weg für die globale Auseinandersetzung mit den düsteren Kapiteln der Kolonialgeschichte und dem fortdauernden Kampf für Gerechtigkeit in ihren postkolonialen Nachwirkungen.

Internationale Reaktionen und die Rolle der Presse

Die internationale Reaktion auf die Geschehnisse im Kongo-Freistaat und die Rolle der Presse bei der Aufdeckung der dortigen Missstände stellen einen entscheidenden Wendepunkt im Kampf gegen die koloniale Ausbeutung dar. Während Leopold II., unter dem Deckmantel der Zivilisierung, ein brutales Regime führte, begannen Journalistinnen und Journalisten, Schriftsteller und Aktivistinnen weltweit, das Licht auf die erschütternden Verbrechen zu werfen, die im Herzen Afrikas begangen wurden.

Am Anfang waren Berichte über die Gräueltaten im Kongo spärlich und rudimentär, da der Zugang zu unabhängigen Informationen durch lokale Kontrollmechanismen eingeschränkt war. Die Wende kam mit der Veröffentlichung persönlicher Berichte und journalistischer Recherchen, die das erschütternde Ausmaß der Gewalt und die wirtschaftliche Ausbeutung durch den Kongo-Freistaat enthüllten. Einer der Schlüsselfiguren dabei war der britische Journalist Edmund Dene Morel. Er entdeckte einen merkwürdigen Widerspruch in den Handelsberichten: große Mengen Elfenbeins und Kautschuks verließen den Kongo, ohne dass entsprechende Handelsgüter zurückflossen. Diese Erkenntnis führte ihn zu dem Schluss, dass Zwangsarbeit und schließlicher Völkermord die treibenden Kräfte des Freistaates waren.

Morel nutzte die Presse als Plattform, um seine Entdeckungen zu verbreiten und gründete die Congo Reform Association. Er arbeitete eng mit anderen prominenten Persönlichkeiten wie Roger Casement zusammen, dessen "Casement

Report" 1904 weitere Beweise für die Missstände lieferte. Diese Berichte wurden in Zeitungen weltweit veröffentlicht und führten zu einem Aufschrei der Empörung in Europa und Amerika.

Die entscheidende Rolle der Presse bestand darin, das öffentliche Bewusstsein für die Missstände zu schärfen und politischen Druck aufzubauen. Zeitungen in Großbritannien wie "The Times" und "The Daily News" rückten die Zustände im Kongo ins Zentrum der Berichterstattung und forderten Maßnahmen gegen die Gräuel. Diese Medienberichte beeinflussten nicht nur die öffentliche Meinung, sondern riefen auch prominente Schriftsteller und Aktivisten auf den Plan. Zu den bedeutendsten Persönlichkeiten gehörte Mark Twain, dessen satirischer Essay "König Leopolds Selbstgespräch" eine scharfe Kritik an Leopold II. und seiner Politik darstellt. Twain nutzte seinen schriftstellerischen Einfluss, um die Aufmerksamkeit auf die Schrecken im Kongo zu lenken.

International setzten sich auch Organisationen wie die Abolitionistenbewegung für eine Aufklärung und einen Wandel ein. Diese Gruppen griffen die Berichte der Presse auf und schufen eine breite Koalition von Menschenrechtsaktivisten, die Druck auf Regierungen ausübten, gegen Leopold II. und sein Regime vorzugehen. Die britische Regierung, als eine der dominierenden Mächte der Zeit, sah sich aufgrund des öffentlichen Drucks gezwungen, diplomatische Schritte einzuleiten, um den humanitären Skandal zu adressieren.

Kritische Berichterstattung erreichte ihren Höhepunkt, als die internationale Aufmerksamkeit schließlich zum Rückzug Belgiens aus dem Freistaat und zur Übernahme durch den belgischen Staat im Jahr 1908 führte. Die Presse, als Katalysator für Veränderung, spielte eine essenzielle Rolle darin, den Schleier der Anonymität, unter dem Leopold II. seine Taten verübte, zu lüften und das globale Bewusstsein für koloniale Unterdrückung zu stärken.

Letztendlich dokumentiert die Rolle der Presse in Bezug auf die Gräueltaten im Kongo einen der ersten großen internationalen Medienkampagnen der modernen Geschichte. Diese Bemühungen waren entscheidend dafür, den internationalen Widerstand gegen die Ungerechtigkeiten im Kongo zu mobilisieren und einzuleiten, was heute als eines der dunkelsten Kapitel der Kolonialgeschichte bekannt ist. Aus dieser Bewegung und den journalistischen Enthüllungen heraus entwickelte sich eine anhaltende globale Diskussion über Menschenrechte und Kolonialismus, deren Nachwirkungen bis heute in gesellschaftspolitischen Debatten nachhallen.

Die Abolitionistenbewegung und ihre Einflussnahme

Die Abolitionistenbewegung spielte eine zentrale Rolle im Kampf gegen die brutalen Praktiken im Kongo-Freistaat unter der Herrschaft Leopolds II. Diese Bewegung, die ihren Ursprung in den frühen Bemühungen zur Abschaffung der Sklaverei hatte, entwickelte sich im späten 19. und frühen 20. Jahrhundert zu einem maßgeblichen Akteur im internationalen Widerstand gegen koloniale Gräueltaten.

Der Aufschrei gegen die Praktiken im Kongo-Freistaat wurde durch die Berichterstattungen von Missionaren und Journalisten verstärkt, die Zeugnis über erlittene Menschenrechtsverletzungen ablegten. In der Folge begannen zahlreiche humanitäre Aktivisten, sich zu organisieren, um den Fokus der Weltöffentlichkeit auf die Missstände zu lenken. Zur einflussreichsten Organisation in diesem Kontext entwickelte sich die „Kongo Reform Association“, die 1904 von E.D. Morel und Roger Casement ins Leben gerufen wurde. Die Abolitionistenarbeit stand nicht nur isoliert, sondern baute auf einem breiten Netzwerk von Unterstützern und Sympathisanten weltweit auf. In Großbritannien wurde der Nongovernmental-Impulse von führenden intellektuellen Persönlichkeiten wie Mark Twain und Arthur Conan Doyle unterstützt. Doyle schrieb "The Crime of the Congo", ein Werk, das die Abscheulichkeiten im Detail darstellte und das Bewusstsein einer breiten Leserschaft schärfte.

Die Abolitionistenbewegung nutzte eine Vielzahl von Strategien, um ihr Ziel zu erreichen. Eine der effektivsten Maßnahmen war die Nutzung der Presse und öffentlicher Versammlungen, um über die schrecklichen Bedingungen im

Kongo aufzuklären. Zeitungen wie die *Westminster Gazette* und die *New York Times* veranstalteten eine Reihe aufsehen erregender Reportagen, die die internationale Empörung anheizten. Dank dieser Berichterstattung wurde die quellende Kritik an Leopold II. bald zu einem globalen Anliegen. Zeitgleich setzten sich berühmte Redner auf Konferenzen und Consortien unermüdlich für Aufklärung und Sensibilisierung ein.

Eine weitere wichtige Rolle spielten die religiösen Institutionen, die sich für humanitäre Verbesserungen im Kongo einsetzten. Kirchen und Missionen waren häufig frühe Zeugen der Gräueltaten und lehnten sich gegen die Misshandlungen auf. Sie mobilisierten ihre Gemeinden und sammelten Unterschriften für Petitionen an Regierungen, um Maßnahmen gegen die Kolonialverwaltung im Kongo zu fordern.

Eine bedeutende Zäsur in den Aktivitäten der Abolitionistenbewegung war die Veröffentlichung des Berichts des britischen Diplomaten Roger Casement, der nach einer Reise in den Kongo im Jahr 1903 ein erschreckendes Bild der Zustände zeichnete. Seine detaillierten Zeugenaussagen wurden schnell zu einem zentralen Dokument, das die Unterstützung für Reformen mobilisierte. Seine Berichte, begleitet von visuellen Beweisen in Form von Fotografien entstellter Arbeitskräfte, unterstrichen die Grausamkeit der

Leopoldinischen Verwaltung und erhöhten den Druck auf die belgische Regierung.

Der Einsatz der Abolitionisten führte letztlich zu einer Welle internationaler Verurteilung, was schließlich 1908 zur Übergabe des Kongo-Freistaates an den belgischen Staat führte. Auch wenn Leopold II. für seine Taten nie zu Rechenschaft gezogen wurde, bewirkte der Einsatz der Abolitionisten, dass die weltweite Aufmerksamkeit auf die Notwendigkeit von Menschenrechtsstandards in kolonialen Territorien gelenkt wurde.

Der Einfluss der Abolitionistenbewegung erstreckte sich über den konkreten Fall des Kongo hinaus und trug zur Weiterentwicklung des internationalen Menschenrechtsdiskurses bei. Der Einsatz dieser Bewegung stellte die Weichen für zukünftige antikoloniale Bewegungen weltweit und vermittelte ein frühes Beispiel dafür, wie zivilgesellschaftlicher Druck systemischen Missbrauch herausfordern kann.

Einflussreiche Persönlichkeiten im Widerstand gegen Leopold II.

Im späten 19. und frühen 20. Jahrhundert geriet der Kongo-Freistaat unter der Herrschaft Leopolds II. in das internationale Rampenlicht, häufig verurteilt als ein Inbegriff für brutale Kolonialpolitik und menschliches Leid. Während diese Herrschaft zahlreiche Akte der Ausbeutung und Unterdrückung beinhaltete, formierte sich im Laufe der Zeit jedoch auch ein einflussreicher Widerstand, der schließlich zur internationalen Aufmerksamkeit und zu weitreichenden Reformen führte. Dieser Widerstand wurde von einer Vielzahl einflussreicher Persönlichkeiten angestoßen und geleitet, die auf verschiedenen Ebenen und mit unterschiedlichen Methoden ihre Stimmen erhoben.

Eine der bekanntesten Persönlichkeiten dieser Bewegung war Edmund Dene Morel, ein britischer Journalist und Aktivist. Morel, der ursprünglich im Frachtgeschäft tätig war, erkannte aufgrund von Unregelmäßigkeiten in Handelsdokumenten die Ausmaß des Unrechts, das im Kongo stattfand. Seine Arbeiten, darunter das bahnbrechende Werk „King Leopold's Rule in Africa“ von 1904, deckten die grausamen Praktiken der Zwangsarbeit und die wirtschaftliche Ausbeutung der kongolesischen Bevölkerung auf. Morels Engagement führte zur Gründung der Congo Reform Association, welche durch zahllose Kampagnen und Publikationen den Druck auf die internationale Gemeinschaft erhöhte, gegen die Missstände vorzugehen.

Ein weiterer herausragender Widerständler war Roger Casement, ein irischer Diplomat, der im Auftrag der britischen Regierung den Kongo bereiste. Seine 1904 veröffentlichte, detaillierte Berichterstattung, bekannt als der „Casement Report“, gab einen tiefen Einblick in die Gräueltaten gegen die indigene Bevölkerung, darunter grausame Praktiken wie das Abschlagen von Händen bei nicht erfüllten Kautschukquoten. Casements Bericht entzündete die öffentliche Empörung vor allem in Großbritannien und stellte eine der ersten detaillierten Dokumentationen der systematischen Menschenrechtsverletzungen unter Leopolds Herrschaft dar.

Diese Männer wurden durch eine Vielzahl von anderen teils weniger bekannten, jedoch nicht minder engagierten Persönlichkeiten flankiert. Der amerikanische Missionar William Henry Sheppard war bekannt für seine Schilderungen der Schrecken, die er im Kongo beobachtete. Als einer der ersten US-Amerikaner, der von den Gräueltaten berichtete, trug Sheppard wesentlich zur Sensibilisierung der Öffentlichkeit in den Vereinigten Staaten bei. Sein Mut und seine Entschlossenheit, trotz persönlicher Gefahren die Wahrheit zu verbreiten, inspirierte eine Reihe von Reformbewegungen auf beiden Seiten des Atlantiks.

Auch Frauen spielten eine tragende Rolle im Widerstand gegen Leopolds Herrschaft. Alice Seeley Harris, eine britische Missionarin und Fotografin, nutzte die Macht der Fotografie, um die brutalen Bedingungen im Kongo zu dokumentieren. Ihre erschütternden Bilder vermochten mehr als zahlreiche Worte jemals könnten, das globale Bewusstsein für die Missstände zu schärfen. Diese Fotos wurden weltweit verbreitet und fanden Eingang in die Präsentationen und Kampagnen von Menschenrechtsaktivisten.

Zusätzlich unterstützten zahlreiche Politiker, Schriftsteller und Intellektuelle den Widerstand. Mark Twain, der berühmte amerikanische Schriftsteller, schrieb 1905 die polemische Schrift „König Leopolds Selbstgespräch", eine vernichtende Satire über Leopolds Kontrolle des Kongo. Twains Bekanntheit und der bissige Humor verliehen der Anti-Leopold-Bewegung einen weiteren wichtigen Popularitätsschub.

Der Einfluss dieser bemerkenswerten Persönlichkeiten war weitreichend. Sie schufen eine dynamische und effektive internationale Bewegung, die Leopold II. und seine Mitstreiter zur Rechenschaft zog. Ihre Maßnahmen führten bis 1908 zur Übernahme des Kongo-Freistaats durch die belgische Regierung, was eine Verbesserung der Bedingungen zumindest in gesetzlicher Hinsicht nach sich zog. Die Taten dieser Individuen sind ein eindrucksvolles Zeugnis des Muts und der Entschlossenheit im Angesicht der Ungerechtigkeit. Sie verdeutlichen, wie gezieltes Handeln und beharrlicher Einsatz von Einzelpersonen weltverändernde Kräfte mobilisieren können.

Politische und diplomatische Maßnahmen gegen den Kongostaat

Die zügellose Ausbeutung des Kongo-Freistaats unter der Herrschaft Leopolds II. rief nach und nach internationale Opposition hervor, die sich nicht nur auf moralischen Protest beschränkte, sondern auch auf politischer und diplomatischer Ebene Gehör fand. Dieser wachsende Druck beeinflusste schließlich maßgeblich die politischen Diskussionen und führte zu konkreten Maßnahmen gegen die Gräueltaten im Kongo.

Zu Beginn des Widerstands standen zunächst individuelle Berichte und investigative Journalisten, die Misshandlungen und Unrecht offenlegten. Ein prominentes Beispiel ist der bekannte Bericht des britischen Konsuls Roger Casement. Seine investigativen Bemühungen resultierten im sogenannten "Casement-Bericht" von 1904, welcher detaillierte Schilderungen der Zwangsarbeit und erdrückenden Besteuerungspolitiken dokumentierte, die unter dem Regime Leopolds II. herrschten. Diese Enthüllungen wirkten wie ein Katalysator für breitere internationale Reaktionen, die über moralische Empörung hinausgingen und konkrete politische Schritte nach sich zogen.

Eine Schlüsselrolle in der politischen Arena spielten dabei verschiedene Regierungen, die sich zunehmend gegen die Praktiken im Kongo-Freistaat aussprachen. Besonders Großbritannien und die Vereinigten Staaten wurden zu entscheidenden Akteuren in der internationalen Bewegung gegen Leopolds Machenschaften. Im Jahr 1903 verabschiedete das britische Parlament eine Resolution, die explizit die belgischen Praktiken im Kongo verurteilte und die britische

Regierung aufforderte, Maßnahmen bei der belgischen Regierung zu ergreifen. Dies markierte eine bemerkenswerte Intensivierung des politischen Drucks auf Leopold II. auf diplomatischer Ebene.

Ein weiteres Beispiel für diplomatischen Widerstand ist die "Reform Association", die 1904 in Großbritannien gegründet wurde und von einflussreichen Persönlichkeiten des öffentlichen Lebens unterstützt wurde. Diese Bewegung war nicht nur lokal in ihrer Wirkung, sondern wirkte auch international bei der Sensibilisierung und Einbindung von Regierungen in das Anliegen, den Kongostaat zu reformieren. Die Reform Association argumentierte für eine grundlegende Umgestaltung der Verwaltung des Kongo oder gar dessen Übernahme durch die belgische Regierung, um die unkontrollierte Macht von Leopold II. einzuschränken.

Im internationalen diplomatischen Umfeld spielten allerdings besonders auch die Vereinigten Staaten eine zentrale Rolle. President Theodore Roosevelt und sein Außenminister John Hay intervenierten mit diplomatischem Nachdruck. Die USA verliehen ihrer Besorgnis gegenüber dem belgischen König Ausdruck und unterstützten die britischen Forderungen nach einer internationalen Kontrolle der Praktiken im Kongo.

Auf juristischer Ebene wurde zudem international diskutiert, inwiefern die Verträge der Berliner Kongokonferenz von 1885, die theoretisch den Anspruch auf einen Kontrollanspruch über den Kongo legitimierten, mit den Berichterstattungen über die Gräueltaten in Einklang gebracht werden könnten. Mehrere Staaten, die an der Berliner Kongokonferenz beteiligt gewesen waren, begannen, den Freistaatstatus des Kongo zu hinterfragen.

Diese kollektive Anstrengung führte letztlich zur entscheidenden politischen Wende: 1908 wurde die Kontrolle über den Kongo-Freistaat, unter intensiver diplomatischer Vermittlung und kollektivem internationalen Druck, an den belgischen Staat übergeben. Diese Transferierung wurde durch das belgische Parlament ratifiziert und markierte das offizielle Ende der unbegrenzten persönlichen Herrschaft Leopolds II. über das Gebiet. Die internationale Gemeinschaft sah diesen Schritt als einen Triumph der diplomatischen Intervention und des Menschenrechtsaktivismus in internationaler Politik.

Die politischen und diplomatischen Maßnahmen gegen den Kongostaat hinterließen ein Vermächtnis kontinuierlicher Notwendigkeit für internationale Kooperation in Fragen der Menschenrechte, das bis in die moderne Zeit reicht. Die Lektionen aus dem Widerstand gegen die Gräuel im Kongo zeigten, dass persistent politische und diplomatische Bemühungen, gepaart mit einer engagierten Zivilgesellschaft, in der Lage waren, auch gegen mächtige Akteure wie Leopold II. wirksam zu sein.

Die Berliner Kongo-Konferenz und ihre Folgen

Die Berliner Kongo-Konferenz, die von November 1884 bis Februar 1885 stattfand, stellt ein entscheidendes Kapitel in der europäischen Kolonialgeschichte dar. In einer Zeit, in der die koloniale Aufteilung Afrikas in vollem Gange war, kamen Vertreter von 14 europäischen Staaten sowie der Vereinigten Staaten zusammen, um die Ansprüche auf das zentralafrikanische Gebiet zu regeln. Ihr Hauptziel war es, die kolonialen Konkurrenzkämpfe zu minimieren und die Handelswege im Kongo zu sichern. Die Konferenz, einberufen auf Initiative des deutschen Reichskanzlers Otto von Bismarck, führte zur Unterzeichnung des Berliner Kongoaktes, der erhebliche Auswirkungen auf Afrika und im Besonderen auf den Kongo hatte.

Ein zentraler Punkt der Konferenz war die Anerkennung der Schaffung des Kongo-Freistaats unter der persönlichen Herrschaft von Leopold II. von Belgien. Der König hatte bereits im Vorfeld der Konferenz strategische Allianzen geschlossen und Nutzungserklärungen erlangt, die von seinem Repräsentanten Henry Morton Stanley verhandelt worden waren. Diese gültigten internationalen Abkommen gaben Leopold eine Legitimation, die er für die Etablierung seines Privatimperiums benötigte. Die Teilnehmer der

Konferenz stimmten letztlich zu, dass der Kongo-Freistaat mit der Bedingung geschaffen werden durfte, dass der freie Handel in der Region gesichert werde. Dies führte zur paradoxen Situation, dass die maschinelle Ausbeutung des Landes begann unter dem Deckmantel einer offenen wirtschaftlichen Zone, die formale und chartiere Freiheit propagierte.

Die Folgen der Berliner Kongo-Konferenz sollten sich bald als düster und folgenschwer erweisen, insbesondere für die afrikanische Bevölkerung. Während die Konferenzteilnehmer rhetorisch die humanitäre Mission der "Zivilisation" und die Verbesserung der Lebensbedingungen der Afrikaner propagierten, sah die Realität vor Ort gänzlich anders aus. Leopold II. nutzte die vage Formulierung der Freihandelszone, um ein System des brutalen wirtschaftlichen Extraktivismus zu etablieren, das sich einer rigorosen Ausbeutung der Ressourcen des Landes wie Elfenbein und Kautschuk verschrieb. Zur Durchsetzung seiner Ansprüche griff der König auf den rigorosen Einsatz von Zwangsarbeit zurück, die unter der eisernen Faust der paramilitärischen The Force Publique durchgesetzt wurde.

Die Berliner Kongo-Konferenz legte den Grundstein für eine politische Landschaft, in der formell anerkannte Grenzen ohne Berücksichtigung ethnischer und kultureller Gegebenheiten gezogen wurden und europäische Aspekte über die ansässige Bevölkerung gestellt wurden. Diese Missachtung führte nicht nur zur Zerschlagung traditioneller Strukturen und Systeme, sondern auch zur Einleitung einer Epoche kolonialer Gewalt und Unterdrückung, von der die Demütigung und Entmenschlichung des kongolesischen Volks nur ein besonders grauenhaftes Beispiel sind.

Die "Scramble for Africa", die durch die Konferenz institutionalisiert wurde, verstärkte und legimitierte de fact die koloniale Expansion auf dem Kontinent, indem sie Staaten ermutigte, ihre Ansprüche militärisch und wirtschaftlich durchzusetzen, während gleichzeitig eine diplomatische Fassade des Konsenses und der Kooperation aufrecht erhalten wurde. Damit wurden die in Berlin getroffenen Entscheidungen zu einem Katalysator für die größten Gewalttätigkeiten und Menschenrechtsverletzungen, die der Kontinent bis dato erlebt hatte.

Es ist bemerkenswert, dass die Konsequenzen der Konferenz, obwohl primär politisch und wirtschaftlich ausgerichtet, bald einer breiten, internationalen Kritik zum Opfer fielen. Die Grausamkeiten und Menschenrechtsverletzungen, die mit dem Kongo unter Leopold II. assoziiert wurden, lösten einen Sturm der Entrüstung unter Missionaren, Journalisten und Menschenrechtsaktivisten aus, der in der Weltöffentlichkeit lauter Widerhall fand und letztlich reformistische Interventionen hervorrief. Doch trotz des internationalen Drucks hat die nachhaltige Wirkung der Konferenz jenen Grundstein gelegt, auf dem der Karlik-jahr-hundert-jahr-dauernde europäische Einfluß und Angst des kolonialen Erbes, weit über die Entkolonialisierungswellen des 20. Jahrhunderts hinaus, fortbestehen.

Der Fall der Königlichen Investitionen und internationale Opferverbände

Leopold II. von Belgien, in seiner Gier nach Macht und Reichtum, nutzte eine ausgeklügelte Maschinerie von Investitionen und wirtschaftlichen Unternehmungen, die als "königliche Investitionen" bekannt wurde. Diese Investitionen waren nicht nur ein finanzieller Motor für die Ausbeutung des Kongo, sondern auch ein zentraler Punkt in der internationalen Kritik an seiner Herrschaft.

Die „königlichen Investitionen" waren private Kapitalbeteiligungen, die sich unter dem Deckmantel wohltätiger Absichten vor den Augen der internationalen Gemeinschaft verbargen. Diese Investitionen wurden vorrangig durch die Abholzung von Kautschuk und Elfenbein getrieben, wobei den kongolesischen Arbeitern jegliche Form von Bezahlung oder fairer Arbeitsbedingungen verweigert wurde. Berichte von zeitgenössischen Augenzeugen und Aktivisten wie dem britischen Konsul Roger Casement legten die grausamen Details offen. In einem seiner Berichte schrieb Casement: "Die Hände von Kindern wurden als Beweis vorgelegt, wenn sie das Kautschuk-Soll nicht erfüllten" (Casement, Roger: *Correspondences on the Congo Question, 1903*).

Auf internationaler Ebene fanden verschiedene Opferverbände zusammen, um die Greueltaten im Kongo öffentlich anzuprangern. Diese Organisationen wurden häufig von ehemaligen Missionaren und Humanitätsaktiven wie Edmund Dene Morel unterstützt, der das Absurde in der Ausrede Leopolds auf den Punkt brachte, dass die Bemühungen "Verteidigungsmaßnahmen gegen den Sklavenhandel" seien. Morels unermüdlicher Einsatz führte zur Gründung der *Congo Reform Association*, die eine entscheidende Rolle dabei spielte, die Augen der internationalen Gemeinschaft für die Verbrechen des belgischen Königs zu öffnen (Morel, E. D.: *Red Rubber, the Story of the Rubber Slave Trade Flourishing on the Congo*, 1906).

Der internationale Druck von Opferverbänden führte dazu, dass parlamentarische Ermittlungen in den USA und Großbritannien eingeleitet wurden, und mehrere europäische Länder überdachten ihre politischen und diplomatischen Beziehungen zu Belgien. Entscheidende Figuren wie Casement und Morel gewannen Unterstützung durch prominente Intellektuelle wie Mark Twain, der mit seinem Essay *King Leopold's Soliloquy* eine beißende Satire auf die Verteidigungen Leopolds veröffentlichte. Darin stellt Twain fest: „[Leopold] spricht davon, die Zivilisation zu verbreiten, und schweigt über die ausgehungerten Opfer.“

Aufgrund der zunehmenden weltweiten Aufmerksamkeit und der Entschlossenheit von Opferverbänden kamen endlich Reformen in Sicht. Leopold II. sah sich gezwungen, einige der unrühmlichen Praktiken einzustellen, wenn auch nur oberflächlich, da der internationale Ruf auf dem Spiel stand. Der zunehmende internationale Druck trug schlussendlich dazu bei, dass Belgien 1908 gezwungen war, die direkte Kontrolle über den Kongo zu übernehmen und ihn aus den Händen Leopolds zu lösen.

Die langfristigen Auswirkungen der königlichen Investitionen und das organisierte Vorgehen der Opferverbände sind heute noch tief in den historischen Erinnerungen und deren Erbe sichtbar. Obwohl die vollständige Gerechtigkeit für die Opfer nie erreicht werden konnte, stellen sie ein eindringliches Beispiel dar für die Macht und den Einfluss internationaler humanitärer Mobilisierung und Zusammenarbeit in Zeiten großer Ungerechtigkeit.

Der Skandal um den Kongo: Enthüllungen und Reformen

Anfänge des Kongo-Freistaats: Gründungsmythen und Realität

Im Jahr 1885 erwirkte der belgische König Leopold II. die formelle Anerkennung des Kongo-Freistaats durch die internationale Gemeinschaft. Aus seinem persönlichen Streben nach imperialer Macht entstanden, wurde der Freistaat unter dem Deckmantel humanitärer und zivilisierender Bemühungen errichtet. Die Mythen und Erzählungen, die Leopold selbst um diesen Beginn rankte, stehen jedoch in scharfem Kontrast zur düsteren Realität, die sich bald entfaltete. Der Kongo-Freistaat begann als eine persönliche Kolonie des Königs, finanziert durch belgische Mittel und mit Unterstützung einflussreicher internationaler Persönlichkeiten wie Henry Morton Stanley, dessen Entdeckungsreisen im Kongo den Boden für Leopolds Ansprüche bereiteten.

Für Leopold war der Kongo-Freistaat mehr als nur ein Kolonialgebiet; es war eine potenzielle Goldmine, die genutzt werden musste. Unter dem Vorwand der Abschaffung des Sklavenhandels und der Verbreitung des Christentums verschaffte sich Leopold die Gunst der europäischen Mächte auf der Berliner Kongo-Konferenz 1884/85. In der Realität jedoch verfolgte der Kongo-Freistaat eine brutale Politik der Ausbeutung. Die systematische Gewinnung von Ressourcen, insbesondere Kautschuk und Elfenbein, wurde mit einer Gewalt erzwungen, die sogar in den Berichten der damaligen Zeit als schockierend beschrieben wurde.

Die Gründungsmythen des Kongo-Freistaats, die häufig in den Reden und Schriften Leopolds auftauchten, zielten darauf ab, seine Eroberung als philanthropisches Unternehmen darzustellen. In einem Brief an die Missionare schrieb Leopold: "Kümmert euch um das Wohlergehen der Menschen. Achtet darauf, dass die Eingeborenen des Kongo-Staates den Segen der Sache des Fortschritts erhalten ... Dafür bin ich zu euch gekommen." Diese Rhetorik stand in direktem Kontrast zu den Berichten, die über die wahren Zustände vor Ort zu Tage traten: Zwangsarbeit, grausame körperliche Bestrafungen und Massenmord waren an der Tagesordnung, um die von Leopold auferlegten Produktionsquoten zu erfüllen.

Die Realität des Kongo-Freistaats war geprägt von einem System, das im Wesentlichen von wirtschaftlichem Nutzen und brutalem Zwang getragen wurde. Das Regime setzte ein System von Söldnerarmeen ein, um die örtliche Bevölkerung zu kontrollieren und auszubeuten. Die sogenannte "Force Publique", eine paramilitärische Truppe, bestand großteils aus einheimischen Soldaten unter europäischer Führung und war für unzählige Gräueltaten verantwortlich, darunter Massenhinrichtungen und das Abschneiden der Hände von Arbeitern, die ihre Quoten nicht erfüllten – eine tragische Ikone des Terrors von Leopolds Herrschaft.

Der Kongo-Freistaat als ökonomisches Projekt war letztlich ein Gewinn für Leopold und seine engsten Kreise, zugleich jedoch ein Albtraum für die einheimische Bevölkerung, deren Schicksal für viele Jahre von der internationalen Gemeinschaft ignoriert wurde. Nur durch den Einsatz von Whistleblowern, Missionaren und später Reformbewegungen rückte die grauenvoll Realität in das öffentliche Bewusstsein. Diese Enthüllungen führten schließlich zur Übergabe des Freistaats an die belgische Regierung im Jahr 1908, was jedoch neue Herausforderungen und eine ebenso komplexe Ära der Kolonialverwaltung einleitete.

Joseph Conrad und die literarische Kritik des Kolonialismus

Joseph Conrad, ein polnisch-britischer Schriftsteller, der heute als einer der größten Schriftsteller des englischen Sprachraums gilt, leistet mit seinem berühmten Werk „Heart of Darkness“ (deutsch: „Herz der Finsternis“) einen bedeutenden Beitrag zur literarischen Kritik des

Kolonialismus. Conrads Novelle, die im Jahr 1899 erstmalig veröffentlicht wurde, bietet nicht nur eine eindringliche Erzählung über die Schrecken und moralischen Konflikte, die mit der europäischen Herrschaft über Afrika verbunden sind, sondern dient auch dazu, den Kongo-Skandal um Leopold II. von Belgien ins Bewusstsein einer breiteren Leserschaft zu rücken.

Die Novelle basiert auf Conrads eigenen Erfahrungen, die er im Jahr 1890 während einer Reise in den Kongo machte, als er als Kapitän eines Flussschiffs im Auftrag einer belgischen Handelsgesellschaft arbeitete. Diese Erfahrungen mit der brutalen Realität des Kolonialismus, der skrupellosen Ausbeutung von Ressourcen und Menschen, prägten seine Ansicht über den westlichen Imperialismus nachhaltig. In „Heart of Darkness" wird die Reise von Charles Marlow, einer fiktiven Figur, die stark auf Conrads eigener Person basiert, entlang des Kongo-Flusses hin zu einer isolierten Handelsstation beschrieben, die von dem mysteriösen Kurtz geleitet wird. Die Erzählung entfaltet sich als eindrucksvolle Metapher für die dunklen Seiten des menschlichen Geistes und den moralischen Verfall durch Macht und Gier.

Conrads Darstellung des kolonialen Kongo ist stark durch seine symbolische und metaphorische Sprache geprägt, die auf den ersten Blick auch als Abenteuerliteratur missverstanden werden könnte. Doch das wahre Ziel der Geschichte ist die schonungslose Aufdeckung der moralischen Korruption, die in den kolonialen Praktiken des 19.

Jahrhunderts verankert war. Conrad selbst schreibt: „Die schrecklichste Realität ist nicht, dass sie uns berauben und uns versklaven, sondern dass sie uns zwingen, mit den Geistern der Finsternis zu verhandeln." Dieses Zitat hebt die zentrale thematische Erzählung hervor: die psychische und moralische Finsternis, die sich über die Seele legt, wenn menschliche Werte zugunsten von Macht und Reichtum verraten werden.

„Heart of Darkness" wirkt in literarischer Hinsicht nicht nur als gnadenlose Kritik an den Gräueltaten im Kongo-Freistaat unter der Herrschaft Leopolds II., sondern stellt darüber hinaus den größeren Kontext der imperialistischen Ideologien des 19. Jahrhunderts infrage. Die Figur des Kurtz wird oft als Sinnbild für die Verführung durch Macht interpretiert - ein Mann, der einst als idealistischer Zivilisationsbringer begann, jedoch durch die Versuchungen der uneingeschränkten Herrschaft über Mensch und Land moralisch zerstört wurde.

Das Werk selbst wurde immer wieder zum Gegenstand akademischer Debatten, insbesondere hinsichtlich seiner Darstellung von Afrika und Afrikanern. Der nigerianische Schriftsteller Chinua Achebe beschuldigte Conrad in seinem einflussreichen Essay „Eine unveränderliche Stille: Conrad's Heart of Darkness Reiteriert Afrika als ‚der Ort des Negativen'", der Schaffung eines zutiefst rassistischen Bildes und der Reduzierung afrikanischer Charaktere auf bloße Kulissen für die Erzählung europäischer Belange. Diese Interpretation betont die Komplexität und Mehrdeutigkeit von Conrads Werk, das trotz seiner Kritik am Kolonialismus mit den rassistischen Vorstellungen seiner Zeit behaftet bleibt.

Trotz dieser Kritik bleibt Conrads „Heart of Darkness" ein wichtiger literarischer Meilenstein in der Auseinandersetzung mit der Geschichte des Kolonialismus und der Dekonstruktion der imperialistischen Erzählungen der Zivilisierung. Die Novelle inspirierte nicht nur zahlreiche Werke der postkolonialen Literatur und Theorie, sondern trug in einer Zeit, in der die Schrecken der Kolonialherrschaft zunehmend ans Licht drangen, wesentlich dazu bei, das Bewusstsein für die moralischen Abgründe zu schärfen, die sich oft hinter der Maske zivilisatorischer Bemühungen verbergen.

Whistleblower der Ära: Berichte von Missionaren und Abenteurern

Im späten 19. und frühen 20. Jahrhundert wuchs das internationale Bewusstsein für die Gräueltaten im Kongo-Freistaat, einem privaten Besitz von König Leopold II. von Belgien. Wesentlich zu dieser Bewusstseinsbildung trugen Berichte einer Gruppe von Menschen bei, die heute als die Whistleblower ihrer Zeit angesehen werden könnten: Missionare und Abenteurer. Sie waren oft die ersten und einzigen europäischen Zeugen der menschenverachtenden

Umstände, unter denen die einheimische Bevölkerung litt - und ihre Berichte brachten die skandalösen Praktiken der Kolonialverwaltung ans Licht.

Diese Stimme der Empörung erhob sich aus verschiedenen Motiven und Perspektiven. Viele Missionare kamen in den Kongo mit der Absicht, das Christentum zu verbreiten und gleichzeitig, eine moralische Verbesserung der Lebensverhältnisse herbeizuführen. Ihre Begegnungen mit den Realitäten der Zwangsarbeit, der willkürlichen Gewalt und des systematischen Missbrauchs schockierten sie tief und führten zu einer moralischen Verpflichtung, die Welt über diese Missstände zu informieren. Einer der bekanntesten dieser Stimmen war der Baptistenmissionar John Harris, der 1909 erschütternde Fotografien nach Großbritannien sendete, die Menschen ohne Hände zeigten - verstümmelt als Strafe, wenn das verlangte Sammelkontingent an Kautschuk nicht erfüllt wurde.

„Es ist unfassbar, wie Menschen dem Brüderlichen entrissen werden und als bloße Objekte des Raubbaus existieren. Unsere Pflicht ist es, das ans Licht zu bringen, was im Dunkeln verborgen bleibt." - schrieb Harris in einem seiner Berichte, die rasch in den europäischen Medien kursierten und zur Welle der Empörung beitrugen.

Neben den Missionaren spielten auch Abenteurer und Reisende eine entscheidende Rolle. Einer von ihnen war der bekannte britische Journalist Edward Glave, der als Beamter Leopolds sechs Jahre im Kongo verbrachte. Vor seiner Rückkehr nach England schrieb er Artikel für die „Century Magazine“, in denen er die unmenschlichen Bedingungen schilderte. Seine Schilderungen, kombiniert mit den detaillierten Berichten der Missionare, schufen ein düsteres Bild, das kein besorgter Mensch ignorieren konnte.

Ein weiterer wichtiger Whistleblower war der schottische Arzt und Missionar William Sheppard, der nicht nur Zeugnis von den Grausamkeiten ablegte, sondern auch riskierte, verhaftet zu werden, da er als einer der ersten prominenten Kritiker des Regimes in der Kongo-Region auftrat. In seinen Berichten kritisierte Sheppard nicht nur die unmenschlichen Praktiken, sondern auch die wirtschaftliche Ausplünderung des Kongo, die den europäischen Gewissen anklagte.

Diese Zeugen und ihre Berichte wurden zu einem moralischen Fanal, das die internationale Bewegung gegen den Kongo-Skandal entfachte. In einer Ära, die durch Imperialismus und Kolonialisierung geprägt war, in der koloniale Macht oft mit Fortschritt und Zivilisation gleichgesetzt wurde, waren diese Stimmen eine seltene und mutige Ausnahme. Sie hielten den Spiegel vor und zeigten die hässliche Fratze der Kolonialherrschaft, die unter der scheinbaren Verheißung des Fortschritts verborgen war.

Ohne das mutige Eingreifen dieser Missionare, Abenteurer und ihrer unerschrockenen Berichterstattung wäre der weltweite Druck auf Leopold II. und die Belgier möglicherweise nicht in derart geballter Kraft entstanden. Ihr Vermächtnis liegt nicht nur in ihrer Rolle als Frühwarnsystem gegen das unvorstellbare Leid, sondern auch in ihrer aufflammenden Wirksamkeit, die Welt von einer gerechteren Gestaltung der Machtverhältnisse zu überzeugen. Diese historischen Akteure trugen durch ihren Einsatz dazu bei, dass schließlich der Kongo-Freistaat an den belgischen Staat überging, was jedoch eine andere, nicht minder komplizierte Geschichte des Kolonialismus nach sich zog.

Insgesamt waren die Berichte der Missionare und Abenteurer mehr als bloße Erzählungen von weit entfernten Grausamkeiten; sie waren Katalysatoren für den internationalen Protest und Impulsgeber für zahlreiche Reformbewegungen. Ihr Mut und ihre Bereitschaft, das Ungesehene zu zeigen, wirken bis heute als Mahnung und als Vorbild für alle, die für Gerechtigkeit und Wahrheit einstehen wollen.

E. D. Morel und die Kampagne gegen Ausbeutung

Im späten 19. Jahrhundert gab es kaum eine Figur, die so maßgeblich zum internationalen Verständnis des Kongo-Skandals beitrug wie Edmund Dene Morel. Geboren am 10.

Juli 1873 in Frankreich, verbrachte Morel seine Kindheit auf der britischen Insel Guernsey, bevor er eine Karriere im Journalismus begann. Seine Arbeit für die Reederei Elder Dempster führte zu seinen revolutionären Erkenntnissen über die Zustände im Kongo-Freistaat - eine Entdeckung, die nicht nur seine eigene Lebensbahn verändern sollte, sondern auch den Lauf der Geschichte beeinflusste.

Als Schiffsagent und Buchhalter war Morel für den Handel zwischen Großbritannien und dem Kongo verantwortlich. Bei der Analyse der Transporte bemerkte er Unregelmäßigkeiten: Während Kautschuk und Elfenbein aus dem Kongo nach Europa gelangten, schickte man hauptsächlich Waffen und Munition in die entgegengesetzte Richtung. Morel verstand schnell, dass dies kein gewöhnlicher Handel war - es war Ausbeutung auf einem erschütternden Niveau. Mit einem scharfen Verstand und einer unerbittlichen moralischen Entschlossenheit nahm er es sich zur Aufgabe, die Welt darüber in Kenntnis zu setzen, was wirklich im Herzen Afrikas geschah.

Dies führte zur Gründung der Congo Reform Association im Jahr 1904, die Morel zusammen mit Roger Casement, einem britischen Diplomaten, ins Leben rief. Die Organisation widmete sich der Aufklärung der brutalen und unmenschlichen Praktiken im Kongo-Freistaat. Durch geschickte Nutzung der Presse und zahlreiche Publikationen, darunter das wegweisende Werk "Red Rubber", brachte Morel die Schrecken der Zwangsarbeit und der kolonialen Unterdrückung ans Licht. "Red Rubber" war kein bloßer

Augenzeugenbericht, sondern eine fundierte Sammlung von Beweisen und Berichten, die nicht nur die Grausamkeit der beliegischen Verwaltung im Kongo offenbarten, sondern auch die Komplizenschaft der westlichen Welt infrage stellten.

Morels Arbeit wäre jedoch ohne die Unterstützung von Reporter-Netzwerken und humanitären Mitstreitern schwieriger gewesen. Zeitungsartikel und Broschüren aus dieser Zeit bestärkten den öffentlichen Druck auf die belgische Regierung und König Leopold II. selbst, Maßnahmen zu ergreifen. Morels unermüdliche Anstrengungen, begleitet von den Berichten von Missionaren und dem internationalen Interesse - wie denen des amerikanischen Autors Mark Twain, der die Misshandlungen ebenfalls anprangerte - führten schließlich zu der Übergabe des Kongo-Freistaats an die belgische Regierung im Jahr 1908.

Der Erfolg der Kampagne gegen Leopold II. war jedoch nicht nur ein politischer, sondern auch ein ethischer und moralischer Triumph. Morel, der oft als einer der ersten Menschenrechtsaktivisten des 20. Jahrhunderts bezeichnet wird, demonstrierte, wie individueller Mut und unermüdliche Recherche das Bild einer ganzen Nation verändern konnten. Seine Tätigkeit inspirierte spätere Generationen, die Menschenrechtsverletzungen auf globaler Ebene anzugreifen, und trug zur Herausbildung eines frühen Bewusstseins für internationale Verantwortung und Ethik bei.

Diese Anstrengungen und Enthüllungen hatten tiefgreifende Implikationen für die Rezeption von Kolonialverbrechen und trugen dazu bei, eine breite Debatte über die Rolle des Kolonialismus in einer modernen Welt zu entfachen. Morels Erbe lebt in den Methoden des investigativen Journalismus und in der bis heute anhaltenden Aufmerksamkeit für Menschenrechte und Gerechtigkeit fort. Seine Arbeit ist ein entscheidendes Kapitel in der Geschichte der internationalen Menschenrechtsbewegung und ein leuchtendes Beispiel dafür, wie wirksame Enthüllungsarbeit Veränderungen herbeiführen kann.

Die Rolle der Presse: Enthüllungsjournalismus im 19. Jahrhundert

Im späten 19. Jahrhundert war der Enthüllungsjournalismus ein zunehmend bedeutendes Werkzeug zur Aufklärung politischer und gesellschaftlicher Missstände. In dieser Zeit vollzogen sich radikale Veränderungen in der Welt der Nachrichten, angetrieben durch Fortschritte in der Drucktechnik, die das gedruckte Wort schneller und für eine breitere Bevölkerungsschicht zugänglich machten. Der Skandal um den Kongo-Freistaat, ein persönliches Eigentum von Leopold II., wurde in großen Teilen durch die unermüdliche Arbeit von Journalisten aufgedeckt, die in der Lage waren, Licht in eines der düstersten Kapitel der Kolonialgeschichte Europas zu bringen.

Enthüllungsjournalisten des 19. Jahrhunderts nutzten verschiedene Techniken, um ihre Berichte zu verfassen. Sie reisten oft selbst in die betroffenen Gebiete, um aus erster Hand Informationen zu sammeln, oder stützten sich auf Augenzeugenberichte von Abenteurern, Missionaren und Versehrten, die aus den kolonisierte Regionen zurückkehrten. Diese Zeit kannte freilich noch kein Internet oder moderne Kommunikationsmittel, weshalb die Berichterstattung sich oftmals auf Briefe und mündliche Berichte stützen musste. Die Leidenschaft und das Entsetzen, das diese Berichterstattung erzeugte, würde jedoch die Öffentlichkeit aufrütteln und letztlich zu politischen Reaktionen führen.

Eine Schlüsselfigur in dieser Bewegung war der britische Journalist E.D. Morel, der in einem der vorangegangenen Unterkapitel bereits behandelt wurde. Morels Aufmerksamkeit wurde auf die Missstände im Kongo-Freistaat gelenkt, als er auf Unstimmigkeiten in den Schiffsmanifesten stieß, die Lieferungen nach und aus dem Kongo betrafen. Die umfassenden Exporte an Kautschuk und der daraus resultierende Mangel an gleichwertigen Rücksendungen in Form echten Handelsguts veranlassten Morel dazu, Nachforschungen anzustellen. Als Ergebnis seiner Enthüllungen verfasste Morel eine Reihe von Artikeln und Berichten, die die brutalen Praktiken der Kautschukproduktion und die unmenschliche Behandlung der kongolesischen Bevölkerung durch Leopolds Regime aufdeckten.

Zusätzlich zu Morels Publikationen wirkten zahlreiche Zeitungen und Magazine in Großbritannien, den USA und anderen Teilen Europas an der Enthüllung des Skandals mit.

Die Times of London, eine der einflussreichsten Zeitungen der Epoche, veröffentlichte regelmäßige Berichte über die fortschreitende Krise im Kongo, wobei sie in der Regel auf die Berichte von Augenzeugen und leitenden Mitarbeitern des Außenministeriums zurückgriff. Ihre scharfen und präzise formulierten Artikel fanden nicht nur ein breites Publikum, sondern sprachen auch politische Entscheidungsträger direkt an, die sich für eine Reform der Verwaltung des Kongo engagierten.

Ein besonders eindrucksvolles Beispiel für den Einfluss der Presse auf die öffentlichen Wahrnehmungen zu dieser Zeit war die Reportage des amerikanischen Journalisten George Washington Williams. Im Jahr 1890 unternahm Williams eine Reise in den Kongo und plante eine Serie von Artikeln über die Errungenschaften der Zivilisation unter dem belgischen König. Doch was er entdeckte, führte zu einem schweren Wandel seines Blickwinkels: Seine Berichte schilderten die Gräueltaten, die Misshandlungen und die Schreckensherrschaft Leopolds und seine Enttäuschung über das Missverhältnis zwischen den propagierten Zielen und der Realität. Seine ausführlichen Berichte, die er an u. a. Leopold II. und an bekannte Publikationen schickte, offenbarten die Grausamkeiten der Kolonialverwaltung und setzten die europäische Öffentlichkeit darüber in Kenntnis.

Die Rolle der Presse im Skandal um den Kongo war entscheidend. Durch das Medium des geschriebenen Wortes war es möglich, nicht nur lokale, sondern auch internationale Aufmerksamkeit auf die Ungerechtigkeiten zu lenken. Der Enthüllungsjournalismus des 19. Jahrhunderts trug wesentlich dazu bei, internationalen Druck auf Leopold II. auszuüben, der schließlich zu einigen administrativen

Reformen und zur Übertragung des Kongo in staatliche belgische Hände führte. Diese Umwandlung war zwar nicht der vollständige Sieg, den die Reformbefürworter sich erhofft hatten, doch markierte sie den Beginn eines Wandels im internationalen Bewusstsein über die Verantwortlichkeiten und die Moralität von Kolonialherrschaft.

Im Kontext der Entwicklungen im darauf aufkommenden 20. Jahrhundert, in dem die Presse als vierte Gewalt Bekanntheit erlangen sollte, zeigen die Enthüllungen um den Kongo auf beeindruckende Weise, welche transformative Kraft der Journalismus innehaben kann. Die Arbeit der Journalisten dieser Epoche hinterließ in der Tat ein Vermächtnis, das noch heute in der Art und Weise, wie Enthüllungen über Macht und Korruption behandelt und publik gemacht werden, nachhallt.

Reformen und Reaktionen der internationalen Gemeinschaft

In der zweiten Hälfte des 19. Jahrhunderts entbrannte im Herzen Afrikas ein humanitärer Skandal von solch erschütternden Ausmaßen, dass er die Weltöffentlichkeit maßgeblich beeinflusste: die Ausbeutung des Kongo-Freistaats unter der Herrschaft König Leopolds II. von Belgien. Der entsetzliche Missbrauch und die systematische Plünderung von Ressourcen führten zu einem Aufschrei, der Reformen und starke Reaktionen seitens der internationalen Gemeinschaft hervorrief.

Bereits zu Beginn des 20. Jahrhunderts wurde der skandalöse Umgang mit den Bewohnern und Ressourcen des Kongo durch Berichte von Missionaren, ehemaligen Agenten und Journalisten, wie E. D. Morel und Roger Casement, publik gemacht. Diese Veröffentlichungen erzeugten erheblichen Druck auf Leopold II., sowohl von Regierungen als auch von zivilgesellschaftlichen Gruppierungen weltweit. Die internationale Gemeinschaft begann, moralische und rechtliche Verantwortungen zu diskutieren, die letztlich das Schicksal des Kongo und die Zukunft des Kolonialismus insgesamt beeinflussten.

Eine der frühesten und signifikantesten Reaktionen kamen von den Vereinigten Staaten. 1906 verabschiedete der US-amerikanische Kongress eine Resolution, die Belgien dazu aufforderte, die Bedingungen im Kongo zu verbessern. Diese diplomatische Intervention war eine der ersten ihrer Art und signalisierte eine neue Ära der internationalen Menschenrechtskritik. Dies wurde untermauert durch die Arbeit der *American Congo Reform Association*, die maßgeblich daran beteiligt war, den öffentlichen Druck auf Leopold II. zu erhöhen.

Zudem zogen auch europäische Länder nach. In Großbritannien wuchs der Protest, angeführt von Persönlichkeiten wie Mark Twain, dessen Pamphlet "*King Leopold's*

Soliloquy" eine beißende Satire auf das dunkle Treiben des belgischen Königs darstellte. Der britische Außenminister Sir Edward Grey stellte klar, dass die britische Regierung eine rasche Lösung erforderte und keine Toleranz gegenüber der bestehenden Misswirtschaft duldete.

Im Zeitraum von 1900 bis 1908 intensivierte sich die Berichterstattung in internationalen Medien exponentiell. Zeitungen, wie *The Times* und *The New York Times*, machten das Leiden der kongolesischen Bevölkerung durch verstörende Geschichten und erschütternde Fotografien öffentlich. Dies deckte die tiefe Kluft zwischen den von Leopold II. propagierten humanitären Argumenten zur Kolonialisierung und der brutalen Realität im Kongo auf.

Unter dem zunehmenden internationalen Druck und den unvermeidlichen öffentlichen Enthüllungen war Leopold II. schließlich gezwungen, eine Internationale Untersuchungskommission einzurichten, die 1904 eine erschütternde Bestätigung der Missstände lieferte. Die Berichte der Kommission führten letztendlich zur Übergabe des Kongo-Freistaates an den belgischen Staat im Jahre 1908, womit die direkte Herrschaft Leopolds endete. Doch die Frage, ob die Übernahme mehr als eine notgedrungene Maßnahme zur Schadensbegrenzung war, bleibt bis heute umstritten.

Trotz der Übergabe blieben die Reformen im Kongo schleppend. Kritiker weisen darauf hin, dass die Umstrukturierung eher kosmetischer Natur war. Dennoch war der Einfluss der internationalen Empörung von entscheidender Bedeutung: Sie leitete eine Welle neuer politischer Ansätze ein, die begannen, die moralische Verpflichtung europäischer Mächte in Bezug auf ihre kolonialen Subjekte zu hinterfragen. Diese Bewegung bildete einen der Grundsteine für spätere UN-Diskussionen über Menschenrechte und die Dekolonialisierung nach dem Zweiten Weltkrieg.

Die Interventionsphase rund um den Kongo-Skandal ist ein wichtiger Meilenstein in der Entwicklung des modernen Humanitarismus. Die Fähigkeit, über nationale Interessen hinaus rechtliche und moralische Positionen zu beziehen, markierte den Beginn eines Wandels in der internationalen Beziehungen, der bis heute spürbar ist und die Rolle der internationalen Gemeinschaft bei der Wahrung der Menschenrechte definiert.

Die belgische Übernahme: Ein neuer Anfang oder mehr vom Alten?

Die Übernahme des Kongo durch den belgischen Staat im Jahr 1908 markierte einen bedeutenden Wendepunkt in der Geschichte der Region. Nachdem das brutale Regime Leopolds II. im Kongo-Freistaat durch internationalen Druck unhaltbar geworden war, wurde die belgische Übernahme von vielen als ein Akt der Linderung und Reform angesehen. Doch stellt sich die Frage, ob dies tatsächlich einen neuen Anfang für den Kongo oder lediglich eine Fortsetzung der bestehenden Verhältnisse unter neuem Vorzeichen bedeutete.

Mit der zunehmenden Bekanntheit der schrecklichen Gräueltaten im Kongo-Freistaat, insbesondere durch die Berichte von Missionaren und Menschenrechtsaktivisten wie E. D. Morel, war der Druck auf Leopold II. gewachsen, seinen persönlichen Besitz aufzugeben. Die internationale Empörung führte 1904 zur Einsetzung einer Untersuchungskommission durch die belgische Regierung, die schließlich die Notwendigkeit staatlicher Intervention erkannte. Am 15. November 1908 wurde der Kongo zum Teil des belgischen Königreichs und als Kolonie neu organisiert.

Richterliche und verwaltungstechnische Reformen wurden mit dem Ziel eingeführt, den Kongolesen Schutz und eine weniger drakonische Ausbeutung zu gewährleisten. Die belgische Verwaltung erklärte öffentlich, die Bedingungen der einheimischen Bevölkerung durch den Bau von Infrastruktur, Schulen und Krankenhäusern verbessern zu wollen. In den Worten von König Albert I.: "Es ist unsere Pflicht, den Kongolesen unsere Zivilisation zu bringen." Doch trotz solcher Zusicherungen traten erhebliche Probleme bei der Umsetzung dieser Reformen zutage.

Die belgische Herrschaft trug weiterhin die Merkmale einer kolonialen Ausbeuterpolitik. Der wirtschaftliche Nutzen der Kolonie stand nach wie vor im Mittelpunkt belgischer Interessen. Unternehmen, die bereits während des Freistaats tätig gewesen waren, wurden bevorzugt behandelt. Der Kautschukhandel blieb ein entscheidender wirtschaftlicher Faktor, wenn auch unter weniger brutalen Bedingungen als zuvor. Wie der Historiker Adam Hochschild feststellt: "Die Methoden der belgischen Verwaltung unterschieden sich weniger von Leopolds als ihre Absichten."

Tatsächlich war die Kontrolle über das Territorium noch fester institutionalisiert, aber die Stimmen und Anliegen der einheimischen Bevölkerung wurden weitgehend übergangen. Die infrastrukturellen Entwicklungen, wie Eisenbahnlinien und Straßen, dienten primär der Ausbeutung von Ressourcen und sorgten nicht notwendigerweise für eine Verbesserung der Lebensumstände der einheimischen Bevölkerung. Zudem blieb die politische Repräsentation der Kongolesen in der neu strukturierten Verwaltung minimal.

Viele Historiker argumentieren, dass die reformatorischen Ansätze der belgischen Kolonialverwaltung in ihrer Absicht zwar fortschrittlich wirkten, in ihrer Ausführung aber von paternalistischen und rassistischen Vorurteilen durchdrungen waren. Die "Entwicklung" des Kongos wurde oft als Gipfelpunkt der europäischen Zivilisierung begriffen, was die strukturelle Ungleichheit zwischen Kolonisatoren und Kolonialisierten verfestigte. Dies manifestierte sich in einer tiefenweiligen sozialen und wirtschaftlichen Ungleichheit, die den langen Schatten der kolonialen Vergangenheit warf und bis in die postkoloniale Ära hineinreichen sollte.

Zusammenfassend bleibt die Frage, inwieweit die belgische Übernahme einen wirklichen Neuanfang darstellte oder nur Veränderungen auf Oberflächebene mit sich brachte. Die Kontinuitäten in der Ausbeutung und der Struktur des Kolonialregimes lassen sich nicht einfach leugnen, sondern laden zu einer kritischen Reflexion über Kolonialismus und die Rolle europäischer Staaten in Afrika ein. Die Neuorganisation des Kongos bot der belgischen Monarchie die Möglichkeit, das Ansehen wiederherzustellen, das im Zuge des Skandals stark gelitten hatte. Dennoch bleibt der historische Kanon zwiegespalten, ob diese Phase des belgischen Einflusses endlich einen produktiven Wandel oder lediglich eine Fortsetzung der Kolonialherrschaft brachte. Die belgische Übernahme war somit weniger der Beginn einer neuen Ära, sondern eher ein Übergang in eine veränderte, aber nicht grundlegend andere Form der Herrschaft.

Langfristige Auswirkungen auf Belgien und den Kongo

Die langen Schatten, die die Kolonialherrschaft von Leopold II. über den Kongo warf, prägten die Geschichte sowohl Belgiens als auch der Region, die schließlich die Demokratische Republik Kongo wurde, in tiefgreifender

Weise. Die Enthüllungen über die Gräuel im Kongo-Freistaat lösten nicht nur globale Empörung aus, sondern hinterließen auch anhaltende soziale, wirtschaftliche und politische Auswirkungen, die in beiden Ländern bis heute nachhallen.

Für Belgien bildete der Kongo-Skandal einen Wendepunkt in seiner nationalen Identität, seinem internationalen Ansehen und seinen politischen Strukturen. Leopold II. hatte es geschafft, den Kongo-Freistaat als sein persönliches Eigentum zu etablieren, gestützt durch ein Netzwerk aus Täuschung, politischer Manipulation und wirtschaftlichem Ausbeutungssystem. Der Aufschrei über die brutalen Methoden der Ausbeutung, wie es etwa in den Berichten von Augenzeugen und renommierten Persönlichkeiten wie dem Missionar George Washington Williams und dem Schriftsteller Joseph Conrad zum Ausdruck kam, zwang das belgische Parlament letztlich zur Übernahme der Verantwortung für die Kolonie im Jahre 1908.

Mit der offiziellen Übernahme durch den belgischen Staat begann eine Zeitform der Kolonialisierung, die sich formal von der des Freistaates unterschied. Der institutionelle Rassismus und die wirtschaftliche Ausnutzung blieben jedoch bestehen, wie durch Historiker wie Adam Hochschild in "King Leopold's Ghost" dargelegt. Belgien profitierte wirtschaftlich weiterhin auf Kosten eines systematischen Missbrauchs der Menschenrechte im Kongo und formte somit einen anhaltenden Diskurs der postkolonialen Rassengleichheit, der bis ins 21. Jahrhundert reicht.

Wirtschaftlich erzeugte das allgemeine Bewusstsein über die skandalösen Verhältnisse im Kongo erheblichen Druck, der eine langsame Entwicklung von Reformen und eine Umstrukturierung der belgischen Wirtschaft einleitete. Belgien begann, sich in der internationalen Gemeinschaft neu zu positionieren. Die Debatten um moralische und ethische Verantwortungen prägten schließlich auch die belgische Innenpolitik, wobei sie tiefere Diskussionen über nationale Identität und historische Schuld mit sich brachten, die auch in die heutige Zeit ragen.

Für den Kongo führten die langwierigen Auswirkungen der Kolonialverwaltung zu nachhaltigen Schwierigkeiten, die am Beispiel der strukturellen Instabilität des Landes verdeutlicht werden können. Die wirtschaftliche Infrastruktur, die auf die Bereicherung von Leopold II. und des belgischen Staates ausgelegt war, vernachlässigte den Aufbau einer diversifizierten lokalen Wirtschaft, wodurch die Grundlagen für wirtschaftliche Herausforderungen gelegt wurden, die bis heute bestehen.

Politisch schuf das System der despotischen Herrschaft und der erzwungenen Arbeit eine tief verwurzelte Dysfunktionalität, die die spätere Entwicklung von Regierungsinstituten und die Bemühungen um Demokratie stark belastete. Die soziale Fragmentierung, die durch die koloniale Gewalt und die erzwungene Migrationsbewegung entstand, trug zu einem institutionalisierten Missvertrauen gegenüber Regierung und Autoritäten gegenüber bei.

Die anhaltenden Konflikte, die das zentrale Afrika bis heute plagen, können in Teilen auf die Manipulation von ethnischen Spannungen und die Misswirtschaft während des kolonialen Regimes zurückgeführt werden. Der Diskurs des postkolonialen Afrikas ist tief geprägt von den Erfahrungen, die zur Zeit des Kongo-Freistaats gemacht wurden, mit einer Nachwirkung, die zu den Arbeiten von Soziologen und Historikern weltweit kontinuierlich einen Wert für die Erforschung und das Verständnis der postkolonialen Identität beiträgt.

Trotz der immensen Herausforderungen haben sowohl Belgien als auch der Kongo Fortschritte bei der Auseinandersetzung mit ihrem gemeinsamen, schwierigen Erbe gemacht. In Belgien wurden Museumsinitiativen ins Leben gerufen, um diese dunkle Vergangenheit aufzuarbeiten, und es werden noch aktiv Schritte unternommen, um die politische und kulturelle Schockwelle der kolonialen Vergangenheit zu überwinden. Der Kongo seinerseits setzt sich mit der Repatriierung von Kulturgütern und der Förderung einer stärkeren nationalen Identität auseinander.

Die langen Auswirkungen der Zeit unter König Leopold II. sind ein notwendiger Bestandteil des Verständnisses der aktuellen sozialen, wirtschaftlichen und politischen Dynamiken in Belgien und dem Kongo. Das Bewusstsein für die

Verbrechen und ihre Konsequenzen spielt eine entscheidende Rolle in der kollektiven Erinnerung beider Nationen, indem es als Mahnung, aber auch als Ausgangspunkt für eine bessere Zukunft dient.

Historische Bewertung: Schuld und Verantwortung im Kontext

Eine umfassende historische Bewertung von Leopold II. und seinen Taten im Kongo erfordert eine differenzierte Betrachtung der Schuld und Verantwortung, die mit seiner Herrschaft und dem daraus resultierenden menschlichen Leid einhergeht. Der Kongo-Freistaat, ein privates Kolonialunternehmen, das von Leopold in einer beispiellosen Weise kontrolliert wurde, ist ein bemerkenswerter Fall von Missbrauch und Ausbeutung, der in der europäischen Kolonialgeschichte beispiellos ist. Die Bewertung der Rolle Leopold II. ist nicht nur eine Frage der historischen Genauigkeit, sondern auch der moralischen Verantwortung.

Die grundlegende Schuldfrage beruht weitgehend auf den Methoden der ökonomischen Ausbeutung und der Gewaltanwendung, die zu unermesslichem Leid unter der kongolesischen Bevölkerung führten. Historiker schätzen, dass durch Zwangsarbeit, Gewalt und Krankheiten Millionen von Kongolesen ums Leben kamen. Adam Hochschild, ein prominenter Historiker, beschreibt die Zeit des Kongo-Freistaats eindringlich als "die grausamste Periode der europäischen Expansion auf dem afrikanischen Kontinent". ["Kadish, Robin, 'Leopold's Congo: Security Forces and Human Rights Abuses, 1885–1908," in *Journal of Imperial and Commonwealth History*, vol. 13, no. 3 (1985): 48-76]. Hochschild argumentiert, dass die Brutalität des Regimes und die systematische Ausbeutung den Rahmen der üblichen kolonialen Praktiken jener Zeit überstiegen.

Die Verantwortung für diese Gräueltaten wurde zu Lebzeiten Leopolds weitgehend negiert, da die internationale Gemeinschaft aufgrund politischer und wirtschaftlicher Interessen zögerte, einzugreifen. Die Stimme der Empörung wurde allerdings durch Einzelpersonen und Organisationen der Zivilgesellschaft verstärkt, die unermüdlich für die Aufdeckung der Missstände kämpften. Eine Schlüsselrolle spielten dabei Persönlichkeiten wie E. D. Morel, dessen Enthüllungen in der Zeitung *The West African Mail* die internationale Aufmerksamkeit auf das Problem lenkten. Gleichzeitig waren Berichte von Missionaren, wie zum Beispiel von William Henry Sheppard, entscheidend, um die grausame Realität vor Ort zu dokumentieren. Diese Informationsströme führten schließlich zu einer Welle der Entrüstung, die den internationalen Druck auf Leopold II. forcierte, Reformen zu implementieren, wenn auch mit geringem Erfolg.

Die Frage nach Leopolds persönlicher Verantwortung ist komplex und facettenreich. Zum einen war Leopold der unangefochtene Herrscher des Kongo-Freistaats, was bedeutet, dass seine moralische und politische Verantwortung für die dort verübten Taten unumgänglich ist. Sein Primat der Profitmaximierung, das System der Zwangsarbeit sowie die ihm untergeordneten Verwaltungseinheiten hinterließen ein Erbe des Schreckens, welches seinesgleichen sucht. Doch war es Leopold allein oder auch das System der Kolonialherrschaft, das solche Auswüchse begünstigte? Diese Frage bleibt in der Geschichtsschreibung umstritten. Laut dem Historiker Jean Stengers war Leopold ein Produkt seiner Zeit, und die damalige kolonialistische Ideologie legte den Grundstein für seine Aktionen. ["Stengers, Jean and Bontinck, Francois, *Leopold II et le Congo*, Bruxelles: Brepols, 1989"].

In der Bewertung der Verantwortung spielen darüber hinaus auch die belgische Regierung und die internationalen Akteure eine entscheidende Rolle. Nach der Übernahme des Kongo-Freistaats durch den belgischen Staat im Jahre 1908, wurden zwar Verbesserungen versprochen, doch das koloniale System der Ausbeutung blieb im Wesentlichen unverändert. Dies wirft bis heute Fragen nach der Mitverantwortlichkeit der internationalen Gemeinschaft auf, die es versäumte, entschlossen gegen das Regime von Leopold vorzugehen. Die lateinische Maxime "*qui tacet consentire videtur*" - wer schweigt, scheint zuzustimmen - beschreibt treffend die damalige Haltung vieler europäischer Mächte.

Zusammenfassend zeigt sich, dass die historische Bewertung der Schuld und Verantwortung im Kontext von Leopold II. und dem Kongo-Freistaat ein vielschichtiges Thema ist, das sowohl individuelle als auch systemische Faktoren berücksichtigt. Die anhaltenden Diskussionen über Leopold II. und seine Herrschaft sind ein eindrückliches Beispiel für die Notwendigkeit einer fortlaufenden Auseinandersetzung mit den Verbrechen der Vergangenheit. Die moralische Verantwortung der Nachwelt besteht darin, aus diesen historisch begangenen Fehlern zu lernen und die Grundsätze der Menschenwürde und Gerechtigkeit als unantastbar zu wahren.

Vermächtnis des Kongo-Skandals in der Postkolonialen Weltauffassung

Der Kongo-Skandal, in seiner Zeit eine der bedeutendsten Enthüllungen des Kolonialismus, hat weitreichende Spuren nicht nur in der Geschichtsschreibung, sondern auch im kollektiven Gedächtnis hinterlassen. In diesem Abschnitt widmen wir uns der Frage, wie der Skandal und die infolge davon eingeleiteten Reformen die postkoloniale Weltauffassung nachhaltig geprägt haben und inwieweit sie noch immer Einfluss auf zeitgenössische politische und gesellschaftliche Debatten nehmen.

Als der Kongo-Skandal gegen Ende des 19. Jahrhunderts ans Tageslicht kam, erschütterte er die moralischen und politischen Grundfesten der westlichen Welt. Die Berichte über die mörderischen Ausbeutungen und die grausame Unterdrückung der kongolesischen Bevölkerung zogen internationale Aufmerksamkeit auf sich. Einer der bekanntesten Kritiker, E.D. Morel, trug maßgeblich dazu bei, das wahre Ausmaß der Gräueltaten publik zu machen. Morels gesellschaftliches Wirken führte zu einer Mobilisierung der öffentlichen Meinung gegen Kolonialpraktiken und war ein Vorläufer der modernen Menschenrechtsbewegungen. Morel schrieb: „Ein ungezügelter, wirtschaftlicher Imperialismus kann und darf nicht das letzte Wort in der Geschichte sein" (Morel, 1904).

Die nachfolgenden Reformen und die Übernahme des Kongo-Freistaates durch den belgischen Staat wurden als nötige Korrekturen eines moralischen Fehltritts des Imperiums angesehen. Dennoch blieben viele der strukturellen Ungerechtigkeiten bestehen, was sich später in der komplizierten postkolonialen Beziehung zwischen Belgien und der Demokratischen Republik Kongo niederschlug. Historiker argumentieren, dass die kolonialen Ungerechtigkeiten nicht einfach durch die institutionellen Reformen der frühen 1900er Jahre aufgelöst wurden. Vielmehr wurden die Grundlagen für anhaltende postkoloniale Diskurse geschaffen, die sich mit Fragen der Wiedergutmachung und der historischen Verantwortung auseinandersetzen.

Der Kongo-Skandal wurde zu einer Blaupause für spätere Aufklärungen kolonialer Missstände weltweit. In der akademischen Welt stießen diese Enthüllungen Diskussionen über die Verpflichtung der Kolonialmächte an, Verantwortung zu übernehmen und diese Vergangenheit kritisch aufzuarbeiten. „Der Schrecken, der in diesen Enthüllungen zum Vorschein kam, zeigte die hässliche Wahrheit des Kolonialismus auf, die zu lange unangefochten blieb" (Hochschild, 1998).

In der postkolonialen Theorie hat der Kongo-Skandal dazu beigetragen, die strukturellen Ungleichheiten zwischen dem Globalen Norden und Süden kritisch zu hinterfragen. Der britisch-jamaikanische Soziologe Stuart Hall bemerkte in einem seiner Essays, dass der Diskurs um den Kolonialismus nachdrücklich das westliche Selbstbild entzerrte. „Das Bild des edlen Imperiums, das sich selbstlos für die Zivilisation geopfert hat, wurde infrage gestellt" (Hall, 1996).

Aktuell sehen wir die Auswirkungen dieses veränderten Bewusstseins auch in politischen Bewegungen, die sich für die Dekolonisierung von Bildung, Wirtschaft und Kultur einsetzen. Die Kongo-Affäre fungiert als historisches Beispiel für das, was passiert, wenn Macht ohne moralische Verantwortung ausgeübt wird. Diese Erkenntnisse fließen in heutige Bemühungen ein, systemische Unterdrückung zu überwinden und eine gerechtere globale Gesellschaft zu fördern.

Abschließend lässt sich festhalten, dass das Vermächtnis des Kongo-Skandals ein entscheidendes Kapitel in der Geschichte der Menschheit geschrieben hat. Es wirkt weiterhin als Mahnung und Inspiration zugleich, die Fehler der Vergangenheit zu beleuchten und eine gerechtere Ordnung anzustreben. Während sich die Welt weiterentwickelt, bleibt die Geschichte des Kongo und Leopold II. ein düsteres Zeugnis, das uns an die Konsequenzen ungerechter Herrschaft erinnert. Es fordert von uns, eine verständnisvollere und einfühlsamere Weltanschauung zu kultivieren und durch unser Handeln Verantwortung zu übernehmen.

Leopold II. und die belgische Innenpolitik

Der Aufstieg zur Macht: Leopold II. als König von Belgien

Während seiner Regierungszeit als der zweite König von Belgien von 1865 bis 1909, verfolgte Leopold II. eine politische Strategie, die nicht nur auf die Interessen seines Landes, sondern auch auf seine persönlichen Ambitionen ausgerichtet war. Sein Aufstieg zur Macht ist ein Paradebeispiel für die Komplexität monarchischer Herrschaftsstrukturen in einer konstitutionellen Monarchie. Bereits mit 30 Jahren übernahm Leopold II. das Zepter von seinem Vater, König Leopold I., und nutzte seine Position, um Belgien zu einem modernen, wenn auch kontrovers diskutierten, europäischen Staat zu entwickeln.

Sein Regierungsstil war geprägt von einer Mischung aus konservativen und progressiven Elementen, die es ihm ermöglichten, seine Position als Monarch zu festigen. Einerseits zeigte er eine bemerkenswerte Fähigkeit, den monarchischen Einfluss auf die Politik zu verstärken, ohne dabei offene Konflikte mit den verfassungsrechtlichen Bestimmungen einzugehen. Andererseits zeigte sich Leopold II. als überzeugter Unterstützer der wirtschaftlichen Modernisierung und der industriellen Expansion, die bereits während seines Vaters begonnen hatte. Er zielte darauf ab, die wirtschaftliche Basis Belgiens zu stärken, was letztlich seinen kolonialen Bestrebungen zugutekam.

Der Beginn seiner Herrschaft war geprägt von der Herausforderung, das belgische Königshaus in die dynamischen und oft turbulenten politischen Bedingungen des 19. Jahrhunderts einzupassen. Leopold II. war sich der Notwendigkeit bewusst, den schmalen Grat zwischen seinen monarchischen Prärogativen und der festen Verankerung der konstitutionellen Rechte des belgischen Parlaments zu navigieren. In dieser Zeit der politischen Umwälzungen nahm die Frage der nationalen Einheit einen zentralen Platz ein. Die belgische Gesellschaft war von Spaltungen zwischen Flamen und Wallonen geprägt, eine Herausforderung, die Leopold II. geschickt zu nutzen wusste, um seine persönliche Macht zu stärken.

Ein zentrales Instrument dabei war Leopolds Fähigkeit, Verbündete innerhalb der politischen und wirtschaftlichen Elite des Landes zu fördern. Dies zeigt sich deutlich in seiner engen Kooperation mit führenden Industriellen der Zeit, von denen viele von seiner Politik der wirtschaftlichen Expansion profitierten. Durch seine strategischen Allianzen sicherte sich der König nicht nur die Unterstützung für seine politischen Pläne, sondern auch für seine weitreichenden kolonialen Ambitionen. Mit der Förderung des Inlandswachstums, insbesondere in den Bereichen Infrastruktur und Verkehr, legte Leopold II. das Fundament für die spätere Expansion seines kolonialen Imperiums.

Ein weiterer wichtiger Aspekt seines Aufstiegs in der belgischen Innenpolitik war seine Fähigkeit, Reformen zu initiieren, die auf die Modernisierung des Landes abzielten. Obgleich viele dieser Reformen von den Spannungen zwischen Arbeiterschaft und Industriellen begleitet wurden, verstand es Leopold, die sozialen Herausforderungen seiner Zeit zu adressieren, ohne die monarchische Kontrolle drastisch zu gefährden. Letztlich gelang es Leopold II. durch eine geschickte Verflechtung von persönlichen Ambitionen mit den Interessen der belgischen Krone und des Staates, seine Macht zu konsolidieren und Belgien auf die internationale Bühne als eine wirtschaftliche Kraft zu bringen.

Diese politische Agilität, die Leopold II. charakterisierte, darf jedoch nicht als bloß positive Entwicklung betrachtet werden. Seine Ambitionen legten den Grundstein für seine kolonialen Exzesse, die im Zuge seiner Herrschaft im Kongo in der internationalen Gemeinschaft auf erheblichen Widerstand stießen. Dennoch stellt sein Aufstieg zur Macht eine spannende Phase dar, die Einblicke in die Komplexität monarchischer Machtausübung im Kontext einer verfassungsrechtlich beschränkten Herrschaft gibt. (Vgl. Vanthemsche, 2012; Ewans, 2003)

Leopold II. und die belgische Verfassungsmonarchie

Leopold II. von Belgien regierte von 1865 bis 1909 in einer Zeit tiefgreifenden Wandels, sowohl auf dem europäischen Kontinent als auch innerhalb seines eigenen Landes. Die belgische Verfassungsmonarchie, in der er agierte, war eine Regierungsform, die ihm sowohl Möglichkeiten als auch Einschränkungen bot. Dabei ist es wichtig, die Rolle zu verstehen, die Leopold II. innerhalb dieses Rahmens spielte, um seine Regierungszeit in der belgischen Innenpolitik vollständig zu erfassen und zu bewerten.

Die belgische Verfassung von 1831 war zu jener Zeit eine der liberalsten in Europa und stellte die Grundlage des belgischen politischen Systems dar. Sie etablierte die konstitutionelle und parlamentarische Monarchie Belgiens und war Ausdruck des Wunsches nach Unabhängigkeit und Freiheit nach Jahrhunderten der Fremdherrschaft. Die Verfassung legte einen klaren Rahmen fest, in dem der König einerseits als Staatsoberhaupt verpflichtet war, die Gesetze zu respektieren, andererseits jedoch über signifikante, jedoch durch Parlamente kontrollierte, politische Macht verfügte.

Leopold II., ein Monarch mit spezifischen Visionen und Ambitionen, war sich der Potenziale und Limitationen seines Amtes bewusst. Seine Herrschaft fiel in eine Periode, in der das parlamentarische System fortschreitend Einfluss gewann und der König gezwungen war, mit den Realitäten der repräsentativen Regierung zu interagieren. Die

Herausforderung bestand darin, seine königlichen Prärogativen in einer sich politisch und gesellschaftlich verändernden Landschaft zu behaupten.

Zwar konnte Leopold II. sich nicht in die täglichen politischen Abläufe einmischen, so wie es Monarchen vergangener Zeiten taten. Doch setzte er seine Macht und seinen Einfluss subtil ein, um bestimmte Initiativen zu fördern, insbesondere jene, die ihn persönlich oder das Königshaus in einem positiven Licht erscheinen ließen. Er war besonders an nationalen Prestigeprojekten interessiert, die die Bedeutung Belgiens auf der internationalen Bühne steigern könnten.

Ein entscheidender Aspekt seiner Herrschaft war Leopolds Verhältnis zu Parlament und Regierung. Einerseits bot die verfassungsmäßige Ordnung ihm die Position eines Schiedsrichters zwischen politischen Parteien, was ihm erlaubte, seine Position zu nutzen, um mögliche politische Krisen zu moderieren oder gar zu prägen. Andererseits banden ihn dieselben Gesetze in wesentlichen Aspekten, insbesondere bei der Durchführung außenpolitischer Aktionen, die eine Zustimmung von Parlament oder Kabinett erforderten.

Allerdings war Leopold II. ein König, der seine Rolle nicht auf repräsentative Aufgaben reduzieren wollte. Sein Traum, Belgien als bedeutende koloniale Macht zu etablieren, ist ein Beispiel dafür, wie er versuchte, seine Macht dort auszuspielen, wo institutionelle Hemmnisse weniger ausgeprägt waren - nämlich im Aufbau des Kongo-Freistaats, der formell von Belgien unabhängig war und von ihm persönlich regiert wurde. Diese Umstände erlaubten ihm, weitreichende Entscheidungen zu treffen, die das Bild von Leopold als einem Monarchen formten, der innerhalb und außerhalb seiner konstitutionellen Grenzen zu agieren bereit war.

Nebenwirkungen seiner besonderen Amtsführung waren Spannungen mit anderen politischen Akteuren und der belgischen Öffentlichkeit, insbesondere als seine kolonialen Ambitionen und deren Konsequenzen zunehmend bekannt wurden. Seine strategische Nutzung des Titels als Staatsoberhaupt und sein Interesse für das Gemeinwesen, insbesondere durch Bauprojekte in Belgien, wie der Bau der Königlichen Galerien in Brüssel oder der Ausbau der belgischen Küste, spiegelten seine langfristigen Pläne wider, das Königreich zu einem modernen und respektierten Staat zu transformieren, ohne dabei die Risiken zu übersehen, die mit seiner selbstbewussten Rolle einhergingen.

Die Verfassungsmonarchie Belgiens ermöglichte es Leopold II., einerseits als symbolisches Oberhaupt zu fungieren, andererseits innerhalb ihrer Grenzen Einfluss zu nehmen. Seine Amtsführung verdeutlicht die Herausforderungen, denen Monarchen in einem sich demokratisierenden Europa gegenüberstanden und die Art und Weise, wie Leopold versuchte, diese Epochen der Veränderung für seine

Zwecke zu navigieren. Letztlich ist seine Herrschaft ein vielschichtiges Beispiel für die komplexe Interaktion von Macht, Politik und persönlichem Ehrgeiz innerhalb eines verfassungsmäßigen Rahmens.

Innenpolitische Reformen und Initiativen

Die innenpolitischen Reformen und Initiativen von Leopold II. markieren eine entscheidende Phase in der Geschichte Belgiens während seiner Herrschaft von 1865 bis 1909. Obwohl Leopold II. primär für seine kontroverse Kolonialpolitik bekannt ist, war seine innenpolitische Agenda von Bemühungen durchzogen, die belgische Nation zu stärken und zu modernisieren. Sein Einfluss auf die innenpolitischen Strukturen des Landes war tiefgreifend und vielschichtig, schafft aber auch Spannungsfelder zwischen Modernisierungsbestrebungen und monarchischer Machtausweitung.

Leopold II. betrat eine politische Bühne, die durch das System der belgischen Verfassungsmonarchie geprägt war. Diese gab den gewählten Repräsentanten des Volkes eine bedeutende Macht, forderte jedoch vom Monarchen geschicktes Management und diplomatische Finesse. Leopold erkannte schnell, dass eine erfolgreiche Führung des Landes Reformen verlangte, die sowohl den Fortschritt beförderten als auch seiner Vision entsprachen, Belgien als eine führende Macht in Europa zu etablieren.

Ein bedeutender Bereich seiner Reformtätigkeiten fand in der Wirtschaftspolitik statt. Leopold verstand, dass die wirtschaftliche Prosperität Belgiens der Schlüssel zu politischer Stabilität und internationalem Einfluss war. Er initiierte eine Reihe von Maßnahmen zur Verbesserung der Infrastruktur, darunter den Ausbau des Eisenbahnnetzes und die Förderung des Hafens von Antwerpen. Diese Projekte, häufig in enger Zusammenarbeit mit privaten Investoren und Kapitalgebern, zielten darauf ab, Belgien in eine zentrale Drehscheibe für den europäischen Handel zu verwandeln.

Jedoch beschränkte sich Leopolds Reformwille nicht nur auf die wirtschaftliche Sphäre. Innenpolitisch verfolgte er eine Anzahl sozialer Reformen, unter anderem in den Bereichen Gesundheitswesen und urbanes Development. Nach zeitgenössischen Berichten, etwa in "The Dynamics of Urbanism in the Era of Leopold II" (van Herreweghe, 1999), förderte er Initiativen zur Verbesserung der öffentlichen Gesundheit durch die Einführung von Programmen zur Sanierung städtischer Gebiete und zur Bekämpfung von Epidemien. Diese Maßnahmen stießen bei den aufstrebenden mittleren und oberen Klassen, die von verbesserten Lebensbedingungen profitierten, auf positive Resonanz.

Eine der faszinierendsten Dimensionen von Leopolds innenpolitischen Bemühungen war sein ambivalenter

Umgang mit Sozialreformen. Er anerkannte das Wachstum der Arbeiterbewegung und die damit verbundenen rechtlichen und gesellschaftlichen Forderungen. Doch trotz einiger sozialpolitischer Zugeständnisse, die in Gesetzen wie dem Arbeitsgesetz von 1889 kulminierten, war Leopold stets darum bemüht, die monarchische Autorität nicht zu gefährden. Seine Unterstützung für Gesetze zur Regelung der Kinderarbeit und zur Reduzierung der Arbeitsstunden schuf ein populistisches Image von fortschrittlichem Engagement, während er gleichzeitig Interessen und Klassendynamiken zum Vorteil der Monarchie anpasste.

Dennoch waren Leopolds Initiativen häufig von einer zentralisierenden Tendenz begleitet, die darauf abzielte, die Rolle der Monarchie in der belgischen Gesellschaft zu bewahren und auszubauen. Er agierte mit einer politischen Cleverness, die sowohl seine Vision als Monarch als auch die Grenzen der konstitutionellen Macht reflektierte. Durch den Aufbau eines Netzwerks von loyalen Unterstützern in Verwaltung und Unternehmertum sicherte er sich Einfluss, der über die verfassungsmäßigen Limitierungen eines Monarchen hinausging.

Zusammenfassend lässt sich sagen, dass Leopold II. in der belgischen Innenpolitik Reformen und Initiativen verfolgte, die durch ein komplexes Zusammenspiel von modernistischen Ansätzen und monarchischen Machtansprüchen geprägt waren. Während er auf der einen Seite als modernisierender Fürst angesehen werden konnte, blieb sein Erbe durchwachsen, da seine politischen Manöver oft von persönlichen Ambitionen und autoritären Motiven durchsetzt waren. In der Geschichte Belgiens nimmt er daher eine ambivalente Rolle ein: als Monarch, der das Land in die Moderne führte, und gleichzeitig als ein Herrscher, der seine Herrschaft durch die subtiler Manipulation politischer Machtstrukturen zu verlängern suchte.

Wirtschaftliche Modernisierung und Industrialisierung

Im Zuge der wirtschaftlichen Modernisierung und Industrialisierung Belgiens unter der Herrschaft Leopolds II. vollzog sich ein bemerkenswerter Wandel, der die ökonomischen Grundlagen des Landes grundlegend verändern sollte. Bekanntermaßen war die industrielle Revolution, die in der zweiten Hälfte des 19. Jahrhunderts Fahrt aufnahm, ein globales Phänomen, das auch in Belgien seine Spuren hinterließ. Leopold II. erkannte das Potenzial der Industrialisierung und förderte sie mit Nachdruck, um die wirtschaftliche Macht und den internationalen Einfluss seines Landes zu stärken.

Belgiens geographische Lage und seine bereits existierenden, wenn auch im Vergleich zu anderen europäischen Nationen kleinen, industriellen Strukturen bildeten eine günstige Grundlage für die wirtschaftlichen Ambitionen des Königs. Mit einer Vielzahl von Initiativen trieb Leopold II. den

Ausbau der Eisenbahnnetze voran, wodurch nicht nur der Inlandshandel, sondern auch der internationale Warenverkehr erheblich erleichtert wurde. Das belgische Eisenbahnnetz galt Ende des 19. Jahrhunderts als eines der fortschrittlichsten Europas und war ein bedeutender Motor industriellen Wachstums.

Auf Regierungsebene wurden bedeutende Maßnahmen ergriffen, um den technologischen Fortschritt zu unterstützen und die industrielle Basis zu diversifizieren. Beispielsweise wurde die industrielle Produktion in den Bereichen Textilien, Kohle und Stahl stark ausgebaut. Insbesondere die Kohlegewinnung sowie die damit verbundene Stahlindustrie florierten unter den schützenden Maßnahmen des belgischen Staates. Leopold II. erkannte die Bedeutung dieser Industrien nicht nur für die Schaffung von Arbeitsplätzen, sondern auch für die Erhöhung der militärischen und infrastrukturellen Kapazitäten Belgiens.

Einzelne Städte profitierten immens von der wirtschaftlichen Modernisierung. Städte wie Lüttich und Charleroi entwickelten sich zu bedeutenden Industriezentren, die eine Vielzahl von Arbeitskräften anzogen. Diese urbanen Ballungsräume erlebten ein rapides Bevölkerungswachstum, was wiederum zu sozialen Herausforderungen führte, die Leopold II. innerhalb seiner sozialen und wirtschaftlichen Reformmaßnahmen angehen musste. Trotz der Herausforderungen, die die rasante Industrialisierung mit sich brachte, war die Popularität und Symbolkraft dieser Modernisierungswelle bezeichnend für die transformative Zeit.

Leopold II.s maßgeblicher Beitrag zur wirtschaftlichen Modernisierung war nicht zuletzt auch die Unterstützung von Wissenschaft und Technik. Technische Hochschulen und Forschungsinstitute wurden gefördert, mit dem Ziel, Innovationen voranzutreiben und der belgischen Wirtschaft einen nachhaltigen Wettbewerbsvorteil zu verschaffen. Es war eine strategische Form der Investition in das intellektuelle Kapital des Landes, die langfristige Auswirkungen auf die wirtschaftliche Leistungsfähigkeit Belgiens hatte. Der Nachlass dieser Bemühungen zeigt sich bis heute in der starken technologischen und industriellen Basis des Landes.

Unter Leopold II. wurde ebenfalls die Bedeutung des internationalen Handels erkannt und intensiviert. Belgien strebte danach, seine Handelsbeziehungen zu stärken und neue Märkte zu erschließen. Dies führte zu einer merklichen Verbesserung der Exportzahlen, insbesondere bei Industriegütern. Leopold II.s ehrgeizige koloniale Bestrebungen, die in erheblichem Maße von der Hoffnung auf neue Rohstoffquellen und Absatzmärkte genährt wurden, machten ihn zu einem kontroversen, aber unbestreitbar effektiven Akteur auf der internationalen Bühne.

Die wirtschaftliche Modernisierung und Industrialisierung Belgiens steht somit als ein facettenreiches und prägendes Element in Leopolds Herrschaftszeit, das nicht nur die ökonomische Landkarte Europas nachhaltig veränderte, sondern auch als Beweis seiner visionären, wenn auch oft umstrittenen Führungskraft dient. Die wirtschaftliche Infrastruktur, die unter seiner Herrschaft aufgebaut wurde, legte den Grundstein für Belgiens weiteren Fortschritt im 20. Jahrhundert und ist ein bedeutender Teil seines Erbes. Unter Berücksichtigung der Komplexität dieser Prozesse zeigt sich, dass Leopold II. nicht nur als Kolonialherrscher, sondern auch als ein Befürworter der wirtschaftlichen Entwicklung seiner Heimat eine zweideutige, aber entscheidende Geschichte geschrieben hat.

Soziale Spannungen und ihre Bewältigung

Die Regierungszeit Leopolds II. in Belgien war eine Zeit tiefgreifender sozialer Veränderungen und Spannungen. Im letzten Drittel des 19. Jahrhunderts erlebte Belgien eine industrielle Revolution, die das gesellschaftliche Gefüge des Landes stark beeinflusste. Diese Phase war geprägt von einem gravierenden Wandel in der Bevölkerungsstruktur, indem es zu einer zunehmenden Urbanisierung und einer Ausweitung der industriellen Arbeiterschaft kam. Der damit einhergehende soziale Umbruch führte zu erheblichen Spannungen innerhalb der Gesellschaft.

Ein zentraler Aspekt der sozialen Spannungen war der rapide Anstieg der Arbeiterschaft und die damit verbundene Armut in den größeren Städten Belgiens. Die Umstellung von einer agrarisch geprägten zu einer industriellen

Gesellschaft führte dazu, dass viele Menschen vom Land in die Städte zogen, in der Hoffnung auf bessere Arbeitsbedingungen und ein stabileres Einkommen. Diese Bevölkerungsbewegungen führten jedoch oft zu überfüllten Arbeitervierteln mit katastrophalen Wohn- und Lebensbedingungen. Die Löhne waren niedrig, die Arbeitszeiten lang und die Arbeitssicherheit fast nicht existent, was zu einer hohen Unzufriedenheit führte.

Leopold II. verstand die potenziellen Gefahren dieser sozialen Spannungen für die Stabilität seines Landes. Um den sozialen Frieden zu wahren, wurde eine Reihe von Maßnahmen eingeleitet, die darauf abzielten, die Lebensbedingungen der Arbeiterschicht zu verbessern. Es ist anzumerken, dass der Druck zur Reform zum Teil von der wachsenden Arbeiterbewegung ausging, die in den 1880er Jahren zunehmend organisierter wurde. Historiker betonen, dass die Reformen oft das Ergebnis von Kompromissen zwischen den Forderungen der Arbeiter und den Interessen der herrschenden Eliten waren. Ein wesentlicher Schritt in dieser Richtung war die Schaffung eines Systems der sozialen Sicherheit, das auf den Schutz der Arbeiter abzielte. Im Jahr 1886 leitete die Regierung eine Untersuchung der Arbeitsbedingungen ein, die letztlich zu Reformen führte, die die Arbeitszeiten beschränkten und die Sicherheit am Arbeitsplatz verbesserten.

Ein weiterer Schritt zur Bewältigung sozialer Spannungen war die Einführung von Gewerkschaftsrechten. Während unter der Herrschaft Leopolds II. die Gewerkschaften anfänglich strengen Einschränkungen unterlagen, führte der zunehmende Druck der Arbeiterschaft zu einer schrittweisen Lockerung dieser Einschränkungen. Die Anerkennung der Gewerkschaften und ihrer Rechte markierte einen bedeutenden Wandel, der zur Verbesserung der Verhandlungsposition der Arbeiter führte. Die Rollen von Gewerkschaften bei Streiks wie dem großen Streik von 1893 machten deutlich, dass Arbeitnehmerorganisationen ein wichtiger Faktor in den Verhandlungen um Arbeitsbedingungen wurden.

Nicht zu unterschätzen ist auch die Rolle der Katholischen Kirche in Belgien, die als Vermittlerin zwischen Arbeiterschaft und Regierung auftrat. Die Kirche, die in Belgien traditionell großen Einfluss hatte, war oft bemüht, soziale Konflikte zu entschärfen und trug zur Entwicklung von sozialen Lehren bei, die die Rechte der Arbeiter anerkannten. Simultane Entwicklungen in der katholischen Soziallehre, inspiriert durch Päpstliche Enzykliken wie "Rerum Novarum" (1891), begünstigten die Bildung katholischer Arbeiterorganisationen, die sich für mehr soziale Gerechtigkeit und verbesserte Arbeitsbedingungen einsetzten.

Zusätzlich legte die Regierung Wert auf Bildungsmaßnahmen, um die soziale Mobilität zu fördern und die gesellschaftlichen Spannungen zu mildern. Investitionen in die Bildungssysteme sollten langfristig zur Integration der unteren Schichten in die Gesellschaft beitragen und ihnen bessere Chancen auf ökonomische Teilhabe bieten. Die Bemühungen, das Bildungswesen zugänglicher zu machen, verfolgten das Ziel, über den Bildungsweg langfristige sozio-ökonomische Verbesserungen zu erreichen.

Abschließend lässt sich festhalten, dass die sozialen Spannungen in der Ära Leopolds II. signifikant waren, deren Behandlung jedoch von einer Mischung aus Reformen und Kompromissen geprägt war. Zwar konnten viele Herausforderungen nicht vollständig gelöst werden, und die Spannungen blieben auch nach dem Tod Leopolds ein drängendes Thema, doch legten die während seiner Herrschaft eingeleiteten Maßnahmen einen wichtigen Grundstein für die soziale Stabilität Belgiens in der nachfolgenden Periode. Damit demonstriert Leopold II. in diesem Kontext, trotz seiner umstrittenen internationalen Politik, eine bemerkenswerte Fähigkeit zur innenpolitischen Steuerung in schwierigen Zeiten.

Leopold II. und die belgischen Parteien

Leopold II. von Belgien regierte in einer Epoche tiefgreifender gesellschaftlicher und politischer Veränderungen. Während seiner Herrschaft von 1865 bis 1909 beeinflusste er nicht nur das Geschehen im Kongo, sondern auch die belgische Innenpolitik signifikant. In Bezug auf die belgischen Parteien verfolgte Leopold II. eine Politik, die sowohl geschickt als auch umstritten war. Diese Politik war geprägt von einer Mischung aus Eigeninteresse, Machtbewahrung und, wie einige argumentieren, echtem Interesse an der Modernisierung Belgiens.

Zu Beginn seiner Herrschaft fand Leopold II. ein politisches System vor, das von zwei dominanten Parteien geprägt war: den Katholiken und den Liberalen. Die katholische Partei, die aus dem konservativen Lager der belgischen Gesellschaft stammte, genoss die Unterstützung der Kirche und der ländlichen Bevölkerung. Im Gegensatz dazu repräsentierten die Liberalen städtische und intellektuelle Interessen und setzten sich für eine Trennung von Kirche und Staat ein. Diese politische Dichotomie war die Grundlage für viele der internen Konflikte und spannungsgeladenen Debatten der damaligen belgischen Innenpolitik.

Leopold II. erkannte schnell die Notwendigkeit, die Balance zwischen diesen beiden politischen Kräften aufrechtzuerhalten, um sowohl die monarchische Stabilität als auch seine persönliche Machtposition zu sichern. Er operierte als eine Art Schiedsrichter, der bemüht war, Konflikte zu minimieren, die seine Vision eines modernen, starken Belgiens gefährden könnten. Dieses Bestreben spiegelte sich in seinem Umgang mit innenpolitischen Reformen wider. Während einige Historiker ihm eine zynische Manipulation der Parteienlandschaft vorwerfen, argumentieren andere, dass er durch seine Engagements zur wirtschaftlichen

Modernisierung des Landes beigetragen habe, was in gewisser Weise die Parteiherrschaft vor Herausforderungen stellte und neue Allianzen erforderte.

Ein zentrales Element seiner Innenpolitik war seine Haltung gegenüber dem Wahlrecht. Zu Beginn seiner Regentschaft war das Wahlrecht stark eingeschränkt und nur vermögenden Männern vorbehalten, was die Liberalen forderten, zu lockern. Erst im Jahr 1893 wurde das Wahlrecht reformiert, was eine der bedeutendsten politischen Veränderungen seiner Zeit darstellte. Die Reform resultierte in einem pluralistischen Wahlsystem, das bestimmten Wählern, etwa verheirateten Männern oder gebildeten Bürgern, mehr Stimmen verlieh. Leopold II. spielte eine entscheidende Rolle in der Akzeptanz dieses so genannten "pluralen Wahlrechts". Sein Interesse galt dabei der Unterstützung der politischen Kräfte, die seine wirtschaftlichen Pläne, insbesondere in Bezug auf den Kongo, positiv bewerteten.

Interessanterweise nahm Leopold II. manchmal sogar eine gegen die katholische Partei gerichtete Position ein, insbesondere wenn es darum ging, den Einfluss der Kirche auf das Bildungswesen zu reduzieren - ein zugespitztes Anliegen der Liberalen. Dennoch ist es wichtig zu betonen, dass er gegenüber der liberalen Partei ebenso misstrauisch war und stets bemüht blieb, seine monarchische Autorität unangefochten zu halten, was ihm meist durch eine taktische Unterstützung wechselnder Mehrheiten im Parlament gelang.

Seine Strategien, gesellschaftliche Entwicklungen vorausschauend zu antizipieren und Einfluss auszuüben, trugen dazu bei, dass sich Belgien trotz der bestehenden internen Spannungen als eine relativ stabile und wirtschaftlich aufstrebende Nation präsentieren konnte. Diese Balance zu halten, während parallel zu diesen innenpolitischen Anstrengungen die koloniale Expansion und das Wirken im Kongo stattfand, wird oft als Ausdruck von Leopolds politischem Geschick gewertet.

Der belgische Historiker Jean Stengers stellte fest: „Leopold II.'s politische Machenschaften innerhalb Belgiens waren vielleicht weniger spektakulär als seine kolonialen Errungenschaften, doch sie waren nicht weniger entscheidend für die Formgebung der modernen belgischen Nation“ (Stengers, „Leopold II. et le Congo“, 1989, S. 134). Leopold II.'s Umgang mit den belgischen Parteien spiegelt nicht nur die Komplexität seiner Rolle als Monarch wider, sondern verdeutlicht auch die Bestrebungen und Konflikte einer Nation auf dem Weg ins 20. Jahrhundert. Diese politische Landschaft, die er beeinflusste, prägte das belgische Königreich noch über seine Regentschaft hinaus und lässt sein Erbe in einem vielschichtigen Licht erscheinen.

Umgang mit politischer Opposition

Leopold II. von Belgien, eine der umstrittensten Figuren der europäischen Geschichte, war bekannt für seine rigorose Politik sowohl in der Innen- als auch in der Außenpolitik. Während seine Überseeaktivitäten, insbesondere im Kongo-Freistaat, weitreichende Aufmerksamkeit erhielten, spielte seine Handhabung der politischen Opposition in Belgien ebenfalls eine entscheidende Rolle in seiner Herrschaft.

Im Staatsgefüge Belgiens bestand die Herausforderung des Königs darin, eine Balance zwischen monarchischer Macht und der bestehenden verfassungsrechtlichen Ordnung zu finden. Belgien war bereits seit 1831 eine konstitutionelle Monarchie, was bedeutete, dass der König seine Macht in einem durch das Parlament vorgegebenen Rahmen ausüben musste. Dennoch versuchte Leopold II., seine Position zu stärken und seinen politischen Einfluss über die formalen Grenzen hinaus auszudehnen (Gosseries, 2000).

Leopold II. pflegte eine taktische Herangehensweise im Umgang mit politischer Opposition. Er erkannte die Bedeutung der politischen Parteien als zentrale Akteure im parlamentarischen System, vor allem in einer Zeit, in der Liberale und Katholiken um die Vorherrschaft in der belgischen Politik rangen. Leopold nutzte die Rivalitäten zwischen den Parteien geschickt aus, indem er sich einerseits als überparteilicher Monarch präsentierte, andererseits jedoch bei Bedarf intern Einfluss nahm. Sein Ziel war es oft, die monarchische Vormachtstellung zu bewahren oder zurückzugewinnen, indem er politische Blockaden oder Regierungswechsel anregte, sofern sie ihm dienlich schienen.

Auf der anderen Seite waren Leopolds Reaktionen auf direkten politischen Widerstand bisweilen repressiv. So verfolgte er besonders jene Elemente, die das monarchische Prinzip grundlegend infrage stellten, mit Nachdruck. Die Pressefreiheit, die zu jener Zeit in Belgien recht stark ausgeprägt war, sah sich unter seiner Herrschaft dennoch wiederholt Herausforderungen gegenüber. Der König intervenierte in Zeiten intensiver öffentlicher Debatten, indem er entweder Druck auf Zeitungen ausübte oder versuchte, redaktionellen Einfluss geltend zu machen, wenn kritische Meinungen zu seiner Politik veröffentlicht wurden.

Trotz der formalrechtlichen Grenzen seiner Macht hatte Leopold II. durch geschicktes Manövrieren erheblichen Einfluss auf die Regierungsgeschäfte. Er verstand es meisterhaft, sein Netzwerk von Unterstützern innerhalb der politischen Elite zu nutzen, um kritische Stimmen zu isolieren und seine Entscheidungen durchzusetzen. Diese Herangehensweise zeigte sich besonders in der Debatte um die belgische Neutralitätspolitik und in der Industrialisierung, wo er vehementer Gegner jeglicher Blockaden war, die seiner Vorstellung von einem modernen Belgien im Weg standen.

Ein bemerkenswerter Aspekt von Leopolds Umgang mit Opposition war sein Talent, durch strukturelle Reformen die Unterstützung der Arbeiterschicht zu gewinnen. Eine der bedeutendsten gesellschaftlichen Herausforderungen seiner Ära war das Eindämmen der sozialistischen Bewegungen, die aufgrund der Industrialisierung und der damit verbundenen sozialen Schwierigkeiten an Kraft gewannen. Während Leopold II. den Sozialweisen mit Skepsis begegnete, erkannte er die Wichtigkeit ihrer Integration in das politische System. Durch die Einführung moderater Reformen in der Arbeitspolitik, wie etwa die staatliche Regulierung gewisser Arbeitsverhältnisse und Fördermaßnahmen für industrielle Modernisierungen, gelang es ihm wiederholt, Spannungen zu mildern (Witte et al., 2000).

Zu den bedeutendsten Charakteristika von Leopolds Herrschaft gehörte auch sein offenes Machtverständnis, welches sich sowohl in der Öffentlichkeitsarbeit als auch im Verlauf interner politischer Prozesse offenbart. Neben der strategischen Nutzung von Medienkanälen bemühte sich Leopold, ein militärisch starkes Belgien zu etablieren, das auch diplomatisch Eingang in internationale Verhandlungen finden konnte, ohne die Unterstützung oder Einmischung größerer Mächte einzufordern.

Zusammengefasst lässt sich festhalten, dass Leopold II. die politische Opposition zwar nicht unterdrückte, wohl aber beeinflusste und steuerte, indem er die passiven und aktiven Werkzeuge der Macht meisterhaft einzusetzen wusste. Als Monarch wies er eine beachtliche Fähigkeit auf, Kompromisse zu erreichen und Anzeichen von Unmut zu zerstreuen, während er gleichzeitig an der Spitze der politischen Macht erhalten blieb. Sein Vermächtnis in der Innenpolitik zeichnet daher ein Portrait eines Herrschers, der das Königreich Belgien modernisierte und zugleich die Monarchie in einem verfassungsrechtlichen Rahmen neu interpretierte. Seine Art, mit der Opposition umzugehen, war ein strukturell integrierter Aspekt seiner umfassenderen politischen Strategie und trug signifikant zu seinem umfassenden, wenn auch kontroversen Vermächtnis bei.

Leopold II.'s Einfluss auf das belgische Bildungswesen

Leopold II., der von 1865 bis 1909 König der Belgier war, wird oft für seine kolonialen Ambitionen und die Gräueltaten im Kongo-Freistaat kritisiert. Diese Kritik verleiht seiner Regierungszeit den Charakter einer dunklen Legende, wohingegen seine innenpolitischen Maßnahmen in Belgien häufig im Schatten seines internationalen Erbes stehen. Eine der weniger beleuchteten, aber dennoch bedeutsamen Facetten seiner Herrschaft war sein Einfluss auf das belgische Bildungswesen, der sowohl seine progressive als auch seine autoritäre Haltung widerspiegelt.

Zunächst ist es wichtig zu erkennen, dass Leopold II. in einem historischen Kontext regierte, in dem Bildung zunehmend als Schlüssel zur nationalen Entwicklung gesehen wurde. Bereits in der Mitte des 19. Jahrhunderts befand sich Belgien inmitten einer industriellen Revolution, die eine gebildete Arbeiterschaft erforderte. In diesem Licht betrachtet, erkannte Leopold II. früh die Notwendigkeit, das Bildungssystem zu reformieren und auszubauen, um Belgien wirtschaftlich konkurrenzfähig zu halten.

Ein wesentliches Merkmal der belgischen Bildungspolitik unter Leopold II. war der Ausbau der technischen und industriellen Ausbildung. König Leopold II. unterstützte die Errichtung von Fachschulen und technischen Instituten, um die Qualifikationen der belgischen Arbeiter zu verbessern. Diese Initiativen waren ein entscheidender Faktor für den Aufstieg Belgiens als bedeutende Industrienation in Europa.

Leopold II. förderte auch die höheren Bildungseinrichtungen, insbesondere Universitäten. In seiner Regierungszeit wurden neue Universitätsgebäude errichtet und bestehende Institutionen erweitert, was zur Erhöhung der Akademikerquote führte. Im Jahr 1876 erhielt die Freie Universität Brüssel eine bedeutende Unterstützung durch den König, die es ihr ermöglichte, ein breiteres Spektrum an wissenschaftlichen Fächern und Forschungen anzubieten.

Dennoch war die Bildungspolitik Leopolds von einem starken Gegensatz geprägt: dem zwischen klerikalen und liberalen Kräften. Diese Auseinandersetzung, bekannt als der "Schulkampf", dominierte die belgische Innenpolitik während eines Großteils seiner Herrschaft. Der König, der eine pragmatische und machtpolitische Herangehensweise bevorzugte, manövrierte zwischen beiden Lagern, indem er nicht nur den staatlichen, sondern auch den kirchlichen Einfluss auf die Bildung anerkannte. Diese Strategie war oft von kontroversen Entscheidungen geprägt, die zu erheblichen Spannungen führten.

Im Jahr 1879 verabschiedete die liberale Regierung unter Walthère Frère-Orban ein umstrittenes Schulgesetz, das den Einfluss der katholischen Kirche auf das Primarschulwesen beschränken sollte. Lehrstoff und Schulaufsicht sollten auf staatlicher Basis organisiert sein. Leopold II.'s Verhalten in dieser Auseinandersetzung war ambivalent. Offiziell stützte er den liberalen Kurs, doch inoffiziell gewährte er den katholischen Schulen Parität und förderte einen Kompromiss, der den sozialen Frieden bewahren sollte.

Des Weiteren engagierte sich Leopold II. bei der Errichtung von Kolonialsammlungen und Museen, oft mit pädagogischem Anspruch. Das berühmteste Beispiel ist wohl das Königliche Museum für Zentralafrika in Tervuren, das 1898 zur Weltausstellung initiiert und eröffnet wurde. Dieses Museum war mehr als nur eine Wissenschaftsstätte; es sollte auch der Bildung künftiger Generationen dienen, indem es Einblicke in die geografischen und kulturellen Aspekte der Kolonien gab. Diese Art der "Bildung" diente jedoch auch der Legitimierung kolonialer Praktiken.

Zusammenfassend lässt sich sagen, dass Leopold II.'s Einfluss auf das belgische Bildungswesen ambivalent war. Seine Bemühungen um die Förderung technischer und universitären Bildung zeigten seine zukunftsorientierte Sichtweise. Gleichzeitig offenbaren seine Strategien im "Schulkampf" ein opportunistisches Machtverständnis, das sowohl Fortschritte als auch Konflikte förderte. Leopold II.'s Vermächtnis im Bereich der Bildung ist daher von dualistischer Natur: zwischen Fortschritt und Anpassung an die politischen Realitäten seiner Zeit schwebend.

Um ein umfassendes Bild von Leopold II.'s Einfluss auf das belgische Bildungswesen zu zeichnen, ist es notwendig, die komplexe Wechselwirkung zwischen seinen persönlichen Zielsetzungen, den politischen Spannungen seiner Epoche und den wirtschaftlichen Notwendigkeiten zu verstehen. Diese Facetten verbinden sich in einem Kaleidoskop von Reformen und Widerständen, das über seine kolonialen Bestrebungen hinaus ein oft unterschätztes Kapitel seiner Herrschaft darstellt.

Kulturelle und städtebauliche Projekte unter Leopold II.

In der langen Regierungszeit von Leopold II. (1865-1909) waren kulturelle Entwicklung und städtebauliche Expansion nicht nur Zeichen eines persönlichen Interesses, sondern auch Ausdruck seiner Vision für Belgien als blühende moderne Nation. Unter seiner Ägide erlebte Belgien eine bemerkenswerte städtebauliche und kulturelle Transformation, die bis heute die urbane Landschaft des Landes prägt.

Ein Mann mit einem Plan: Stadterneuerung als Werkzeug der Modernisierung

Leopold II., geprägt von seinen zahlreichen Auslandsreisen und inspiriert von den städtebaulichen Errungenschaften in Städten wie Paris und Wien, war fest entschlossen, Belgien zu verschönern und zu modernisieren. Sein städtebauliches Erbe, oft als "La Belle Époque" bezeichnet, ist in erster Linie in Brüssel sichtbar. Leopold engagierte sich leidenschaftlich für die Umgestaltung und Verschönerung von Brüssel, einer Metropole, die er als "seine" Stadt betrachtete.

Der König befürwortete prestigeträchtige Projekte, darunter der Bau des Palais de Justice, der bis heute als größtes Gerichtsgebäude der Welt gilt. Die Fertigstellung 1883 erforderte immense finanzielle Ressourcen und gesellschaftlichen Wandel, den Leopold II. jedoch als notwendige Investition in die Symbolkraft und das Prestige Belgiens ansah.

Von Boulevards und Parks: Naturräume als städtische Oasen

Zu seinen ehrgeizigsten Vorhaben gehörte die Schaffung weitläufiger Grünflächen und repräsentativer Boulevards, die Brüssel ein kosmopolitisches Flair verleihen sollten. Der König war maßgeblich an der Entwicklung des

Cinquantenaire-Parks beteiligt, der anlässlich des 50-jährigen Bestehens Belgiens 1880 konzipiert wurde. Der Park symbolisiert nicht nur den Fortschritt, sondern auch die Rolle des Königtums im europäischen Machtgefüge.

Leopold II. verwirklichte auch die Idee des Lanckisen - eines Systems von Boulevards und Straßen, das die Stadt durchschneidet und neuen urbanen Raum erschließt. Seine Vision fand Ausdruck in der Umgestaltung des Leopold-Parks und der Konzeption prachtvoller Alleen, die das Bild Brüssels prägten.

Kulturelle Blütezeit: Förderung der Künste und Wissenschaften

Auch auf kulturellem Gebiet hinterließ Leopold II. seine Spuren. Er war ein entschiedener Förderer der Kunst- und Kulturszene. In seiner Regierungszeit florierten Bibliotheken, Theater und Museen. Der König erkannte den Wert kultureller Institutionen als Keimzelle für Innovation und gesellschaftlichen Fortschritt. Unter seiner Schirmherrschaft entstand das Königliche Theater La Monnaie, bis heute eine der renommiertesten Opernbühnen Europas.

Er förderte auch die Gründung zahlreicher wissenschaftlicher Institute, die Belgien in der internationalen wissenschaftlichen Gemeinschaft sichtbar machten. Besonders die Entstehung des Königlichen Museums für Zentralafrika in Tervuren, ursprünglich für die Weltausstellung 1897 errichtet, verkörperte seine Vision, Belgien als Zentrum kolonialer Erforschung zu etablieren. Dieses Museum sollte einerseits die wissenschaftlichen Leistungen darstellen, gleichzeitig jedoch den Reichtum und die kulturellen Exponate aus dem Kongo präsentieren, einem umstrittenen Symbol seiner kolonialen Unternehmungen.

Ein Erbe mit Ambivalenz: Über den Glanz hinaus

Obwohl Leopolds Projekte großartige städtebauliche Fortschritte markierten, ist sein Erbe nicht unumstritten. Vielerorts gelten die imposanten Bauwerke als Erinnerung an seine rigorosen Methoden der Ressourcengewinnung - sowohl im In- als auch im Ausland. Insbesondere die finanzielle Last, die viele dieser Projekte den Bürgern auferlegten, blieb in der kollektiven Erinnerung haften. Die Quellen der finanziellen Mittel, darunter die umstrittenen Kolonialgewinne aus dem Kongo, werfen einen dunklen Schatten auf seine innenpolitische Bilanz.

Literaturwissenschaftler verweisen auf den paradoxen Charakter von Leopolds kultureller Förderpolitik, die einerseits eine Blüte der kulturellen Möglichkeiten verspricht, andererseits jedoch durch die brutale Ausbeutung im Kongo konterkariert wurde. Sein städtebauliches Erbe, das bis heute in den Bauten und Institutionen lebendig ist, fordert eine differenzierte Betrachtung seiner Herrschaft im Spannungsfeld zwischen Fortschritt, Prestige und Ausbeutung.

Erbe und Vermächtnis: Leopold II. und die Nachwirkungen seiner Herrschaft

Analyse des kolonialen Vermächtnisses: Leopold II. und der Kongo-Freistaat

Das koloniale Vermächtnis von Leopold II. und sein Einfluss auf den Kongo-Freistaat wird oft als eines der düstersten Kapitel der europäischen Kolonialgeschichte betrachtet. Die Gründung des Kongo-Freistaates im Jahr 1885, unter der direkten Kontrolle von König Leopold II., markierte den Beginn eines beispiellosen Ausbeutungssystems in Zentralafrika. Im Gegensatz zu anderen Kolonialgebieten des 19. Jahrhunderts, die von staatlichen Institutionen verwaltet wurden, war der Kongo-Freistaat faktisch der persönliche Besitz von Leopold II. Dieser Zustand war das Ergebnis einer bemerkenswerten Mischung aus diplomatischem Geschick und propagandistischen Strategien des Königs, die sowohl internationale Anerkennung als auch private Kontrolle über das riesige Gebiet sicherten.

Im Kongo-Freistaat etablierte Leopold II. ein System rigoroser Wirtschafts- und Ausbeutungspraktiken, die auf der

Gewinnung von Naturkautschuk basierten. Die nachfragebedingte Explosion der Kautschukpreise katapultierte das Material während der zweiten industriellen Revolution zur wirtschaftlichen Schlüsselressource. Dies führte zu einer außerordentlich harten Behandlung der einheimischen Bevölkerung, die durch Zwangsarbeit und brutale Strafmaßnahmen gekennzeichnet war. Historiker wie Adam Hochschild haben die Bedingungen im Kongo als "Urkatastrophe der Menschenrechte" beschrieben und belegen, dass Millionen Kongolesen an den Folgen des brutalen Regimes starben oder verschleppt wurden (Hochschild, Adam. *König Leopolds Geist: Der Aufstand gegen die Grausamkeit im Kongo,* 1998).

Die strukturelle Gewalt dieses Systems löste weltweit Empörung aus und führte zur Entstehung internationaler Protestbewegungen. Berichte von Missionsgruppen und unabhängigen Forschern, darunter der berühmte Bericht von Edmund Dene Morel sowie die Untersuchungsergebnisse des US-amerikanischen Diplomaten Roger Casement, offenbarten die extremen Menschenrechtsverletzungen im Kongo. Diese Enthüllungen brachten schließlich internationale Änderungen in der Wahrnehmung des Kolonialismus mit sich, die Richard Burtons Fokus auf die unmenschlichen Praktiken anregte, welche Leopold in seiner persönlichen Kolonie praktizierte (Morel, Edmund Dene. *Red Rubber*, 1906).

Obwohl Leopold II. 1908 gezwungen war, den Kongo-Freistaat an den belgischen Staat zu übergeben, blieben die strukturellen Probleme bestehen. Die koloniale Dominanz und marginalisierte Stellung der einheimischen Kongolesen wurden zur festen Realität in den politischen und sozioökonomischen Strukturen der Region. Viele der infrastrukturellen Projekte, die in Belgien während Leopolds Herrschaft entstanden, wurden durch die Gewinne aus dem Kongo finanziert, was eine paradoxe Hinterlassenschaft von Fortschritt auf der einen Seite und unvergleichlichem menschlichem Leid auf der anderen Seite hinterließ.

Das Vermächtnis von Leopold II. ist somit zweierlei: Einerseits ist es ein Beispiel dafür, wie Kolonialismus in seiner extremsten Form praktiziert wurde, andererseits dient es als eine bedeutende Mahnung an die moralischen Konsequenzen imperialer Machtansprüche. Indem die brutalen Methoden von Leopold mittlerweile im Zentrum der postkolonialen Diskussionen stehen, könnte argumentiert werden, dass sein Vermächtnis zum Umdenken in der Wahrnehmung kolonialer Machtausübung in Europa beigetragen hat.

In der heutigen Erinnerungspolitik fordern Stimmen sowohl in Belgien als auch im Kongo die „Aufarbeitung" dieser dunklen Vergangenheit. Initiativen zur Umbenennung von Straßen, zum Abriss von Statuen und zur Errichtung von Gedenkstätten spiegeln den wachsenden Konsens wider, dass die Aufarbeitung der Vergangenheit sowohl für Belgiens als auch für Kongos Fortentwicklung von entscheidender Bedeutung ist. Diese Entwicklungen zeigen, dass die Auseinandersetzung mit dem kolonialen Vermächtnis von Leopold II. nicht nur eine Frage der historischen Rücksichtnahme darstellt, sondern auch ein notwendig fortdauernder Dialog über Gerechtigkeit und Versöhnung ist.

Leopold II. und die belgische Erinnerungskultur

In der belgischen Erinnerungskultur nimmt Leopold II. eine komplexe und vielfach kontroverse Position ein. Die Art und Weise, wie Belgien seiner kolonialen Vergangenheit und insbesondere der Rolle Leopolds II. gedenkt, spiegelt sowohl historische als auch aktuelle gesellschaftliche Debatten wider. Dieser Abschnitt beleuchtet die verschiedenen Facetten der Erinnerungskultur und deren Entwicklung im Laufe der Zeit.

Historisch betrachtet war die Darstellung Leopolds II. in Belgien lange von einer Mischung aus nationalistischer Loyalität und wirtschaftlichem Stolz geprägt. Leopold galt in vielen Kreisen als „König-Bauherr“, der nicht nur den Kongo zu einer belgischen Kolonie machte, sondern auch durch massive infrastrukturelle Investitionen das Stadtbild von Brüssel und anderen belgischen Städten prägte. In der Architekturmuseologie wurde seine Ära als eine Zeit des monumentalen Bauens angesehen, in der Gebäude wie der Triumphbogen im Jubelpark und die Königliche Galerie St. Hubertus entstanden.

Die öffentliche Haltung gegenüber Leopold II. begann sich ab den 1960er Jahren spürbar zu verändern, als das Bewusstsein für die Vergehen des Kolonialismus zunahm. Dieser Wandel wurde maßgeblich durch Veröffentlichungen und Reportagen angestoßen, die die brutal ausbeuterischen Praktiken im Kongo-Freistaat ins öffentliche Licht rückten. Einer der bedeutendsten Beiträge hierzu war Adam Hochschilds Buch „Schatten über dem Kongo", das die Gräuel des Leopold'schen Regimes eindringlich dokumentiert und die Stirn der europäischen Öffentlichkeit für die moralischen Implikationen kolonialer Herrschaft schärft. Das 2001 erschienene Werk führte zu einer breiteren öffentlichen Diskussion und einer Neubewertung der historischen Rolle Leopolds in Belgien und darüber hinaus.

Im Kontext der belgischen Erinnerungskultur findet sich eine Vielzahl an Denkmälern, Straßennamen und öffentlichen Institutionen, die nach Leopold II. benannt sind oder ihm gewidmet wurden. Dabei wird die Diskussion um deren Angemessenheit zunehmend von Forderungen nach Dekolonisierungsmaßnahmen begleitet. In den frühen 2000er Jahren erregten beispielsweise Protestaktionen Aufsehen, bei denen Statuen Leopolds durch Aktivisten beschädigt oder modifiziert wurden, um die Demonstration gegen koloniale Verherrlichung und für Aufklärung zu symbolisieren.

Die Umbenennung öffentlicher Einrichtungen und Straßen in Belgien wird regelmäßig thematisiert und steht sinnbildlich für die spannungsgeladenen Erinnerungsdiskurse des Landes. Während einige Lokalpolitiker und Bürgerbewegungen für eine symbolische Umbenennung plädieren, argumentiert eine andere Fraktion für den Erhalt dieser Namen als pädagogische Mittel, um den Dialog über die Vergangenheit zu fördern und kollektive Verantwortung zu stärken.

Die belgische Königsfamilie hat, wenn auch zaghaft, zu dieser Debatte beigetragen. Im Jahr 2020 erkannte König Philippe in einem beispiellosen Schritt die „Verletzungen" an, die während der kolonialen Herrschaft in Belgisch-Kongo zugefügt wurden. Diese offizielle Anerkennung wurde als erster Schritt auf dem Weg zu einer tieferen Aussöhnung und Reflektion angesehen, wenngleich Kritiker mehr Engagement und konkrete Maßnahmen, wie beispielsweise Entschädigungen, fordern.

Bildungsinstitutionen haben in den letzten Jahren begonnen, ihre Lehrpläne zu überarbeiten, um die belgische Kolonialgeschichte und die Rolle Leopolds II. kritischer zu beleuchten. Diese pädagogischen Reformen sind darauf ausgelegt, ein umfassenderes Verständnis für die Komplexität der kolonialen Prozesse zu vermitteln und zukünftige Generationen für die ethischen Aspekte ihrer Geschichte und deren Nachwirkungen zu sensibilisieren.

In der Summe reflektiert die belgische Erinnerungskultur an Leopold II. die evolutionäre Entwicklung eines nationalen Bewusstseins, das bestrebt ist, die dunklen Kapitel seiner Geschichte nicht zu verbergen, sondern inklusiver und transparent aufzuarbeiten. Diese Debatte, welche tiefere geschichtliche Anerkennung mit den Herausforderungen der Gegenwart zu verbinden versucht, liefert einen wertvollen Beitrag für das heutige Geschichtsbewusstsein in Belgien und seine nationale Identität.

Kritische Auseinandersetzung in der Geschichtswissenschaft

Die kritische Auseinandersetzung mit Leopold II. und seiner Herrschaft über den Kongo-Freistaat ist ein wesentlicher Bestandteil der modernen Geschichtswissenschaft. Die Bewertung seiner Rolle und das Verständnis seiner politischen wie wirtschaftlichen Handlungen sind entscheidend, um die tiefgreifenden Auswirkungen auf die koloniale und postkoloniale Geschichte Afrikas sowie auf die europäische Politik des 19. und frühen 20. Jahrhunderts zu erfassen.

Das koloniale Projekt Leopolds wurde lange Zeit als Ausdruck der „zivilisatorischen Mission" verherrlicht, ein Narrativ, das durchscheinend die Gewalt und das wirtschaftliche Streben verschleierte, das tatsächlich zugrunde lag.

Historische Dokumente und Augenzeugenberichte legen offen, dass der Kongo-Freistaat unter Leopolds Herrschaft zu einer der brutalsten Kolonialregimen der Geschichte wurde. Adam Hochschild bespricht in seiner wegweisenden Studie „Schatten über dem Kongo" (1998) diese dunkle Seite der Geschichte und dokumentiert die systematische Ausbeutung sowie die humanitäre Katastrophe, die durch die rigiden Methoden der Rohstoffausbeutung verursacht wurden.

In der Geschichtswissenschaft vollzog sich ein bedeutender Wandel in der Interpretation von Leopolds Erbe, besonders durch die Arbeit von postkolonialen Historikern. Sie haben die Leidtragenden, sprich die kongolesische Bevölkerung, in den Mittelpunkt der Geschichtsschreibung gerückt. In diesem Kontext steht der Historiker Jacques Depelchin, der argumentiert, dass die wirtschaftlichen Interessen des Westens untrennbar mit rassistischer Vorherrschaft und imperialistischer Expansion verknüpft waren. Diese Perspektive hat zu einer Neubewertung der belgischen Rolle in Afrika geführt und das Verständnis für die langfristigen sozioökonomischen Folgen der Kolonialpolitik geschärft.

Die Erkenntnis über das Ausmaß der Verbrechen während Leopolds Herrschaft führte zur Etablierung von internationalen Diskussionen über Menschenrechte. Roger Casement, ein irischer Diplomat und Menschenrechtsaktivist, trug mit seinem Bericht von 1904 maßgeblich dazu bei, die Grausamkeiten öffentlich zu machen, was den Grundstein legte für die frühe Formulierung der internationalen humanitären Prinzipien im 20. Jahrhundert.

In der akademischen Debatte wird die Rolle der Berichterstatter und die Bedeutung von Bildern und Berichten weiter untersucht, welche die öffentliche Meinung prägten. Herzstück dieser Diskussion ist die Frage, wie Berichte von Zeitgenossen, wie etwa von George Washington Williams, die öffentliche Wahrnehmung beeinflussten und wie diese Wahrnehmung die internationale Politik hin zur Beendigung Leopolds direkter Kontrolle über den Kongo beeinträchtigte. Williams war ein afroamerikanischer Historiker, dessen offener Brief aus dem Jahr 1890 zu einem der ersten Dokumente gehörte, die die Gräueltaten anprangerten, und hatte Einfluss auf die internationale Kritik an Leopolds Kontrolle über den Kongo.

Im weiteren Sinne der Geschichtswissenschaft stellt sich auch die Frage nach der Kontinuität und dem Wandel: Inwiefern setzte sich die von Leopold etablierte Praxis fort, nachdem der Kongo an den belgischen Staat überging? Clementine F. Jaquemin stellt in ihrer Untersuchung heraus, dass trotz institutioneller Reformen viele der repressiven und auf Ausbeutung gerichteten Strukturen bestehen blieben, und es Jahre dauerte, bis nachhaltige Veränderungen verankert werden konnten. Somit wird deutlich, dass das Erbe Leopolds nicht nur in der Vergangenheit verwurzelt ist, sondern auch die gegenwärtigen und zukünftigen

Entwicklungen im Kongo und in der Congo-Region beeinflusst.

Zusammenfassend erweist sich die kritische Auseinandersetzung mit Leopold II. als essenzieller Bestandteil des postkolonialen Diskurses. Sie verdeutlicht, wie wichtig es ist, historische Figuren und Ereignisse im Kontext umfassender, interkultureller und langanhaltender Auswirkungen zu betrachten. Das Studium von Leopold II. repräsentiert ein fiktives Spannungsfeld zwischen historischer Realität und imperialer Erinnerung, welches weiterhin die Geschichtsforschung befeuert und dazu beiträgt, eine gerechtere Darstellung kolonialer Geschichte zu schaffen.

Die wirtschaftlichen Auswirkungen von Leopolds Herrschaft auf Belgien und den Kongo

Die ökonomischen Auswirkungen von Leopold II.s Herrschaft, sowohl auf sein Heimatland Belgien als auch auf den Kongo, sind vielschichtig und weitreichend. Sie spiegeln nicht nur die wirtschaftlichen Interessen eines monarchischen Geschäftsführers wider, sondern verdeutlichen auch die gravierenden und oft schädlichen Folgen, die ausbeuterische koloniale Praktiken auf die betroffenen Regionen hatten.

Zu Beginn muss verstanden werden, dass Leopold II. den Kongo-Freistaat primär als private Wirtschaftsinitiative betrieb. Belgien als Staat war anfangs nicht direkt involviert, auch wenn später eine Art nationaler Rentabilität aus der kolonialen Expansion entstand. Die Entwicklung der nyligen belgischen Wirtschaft war in jener Zeit eng mit den im Kongo generierten Gewinnen verbunden, insbesondere während der Hochblüte der Kautschuk- und Elfenbeinernte.

Leopold II. führte massive Investitionen in die Infrastruktur in Belgien selbst durch. Finanziert durch die erlangten Reichtümer des Kongo, prägten viele der architektonischen und industriellen Projekte die belgische Landschaft maßgeblich. Ein markantes Beispiel ist der Bau des monumentalen Triumphbogens im Jubelpark, der an den wirtschaftlichen Wohlstand erinnert, den Belgien während dieser Zeit erlebte. Wirtschaftshistoriker weisen darauf hin, dass diese Bauten nicht ohne die Ressourcen des Kongo-Freistaats möglich gewesen wären. (Quelle: Van Reybrouck, David: "Kongo: Eine Geschichte", 2012)

Jedoch brachte dieser wirtschaftliche Wohlstand auf Kosten unermesslicher menschlicher Leiden im Kongo. Die wirtschaftliche Politik des Kongo-Freistaats war auf rücksichtslos hohe Kautschuk- und Elfenbeinquoten ausgelegt, was zu brutalen Zwangsmaßnahmen führte, die bei den einheimischen Bevölkerungen enormen Schaden verursachten.

Diese Misswirtschaft führte letztendlich zu einer drastischen Verringerung der kongolesischen Bevölkerung durch Arbeitslast, Hungersnöte und direkte Gewalt. Wirtschaftsanalysen jener Zeit beschreiben das System als eines, das kurzfristige Gewinne über langfristige Stabilität und Menschlichkeit stellte (Quelle: Hochschild, Adam: "Schatten über dem Kongo", 1998).

Kritische Stimmen der internationalen Gemeinschaft und der Presse, insbesondere nach einschlägigen Enthüllungen von europäischen Reisenden und Missionaren, führten allmählich zu einem Zwiespalt zwischen erlangtem Reichtum und moralischem Bankrott. Die öffentlichen Proteste gegen die Gräueltaten im Kongo unter Leopold II. beeinflussten die belgische Politik auf lange Sicht, indem sie zunehmenden Druck ausübten, diese inakzeptablen Praktiken zu reformieren, was letztlich zur Übernahme des Kongo durch den belgischen Staat im Jahr 1908 führte.

Insgesamt kann festgestellt werden, dass die wirtschaftlichen Effekte von Leopolds Kolonialherrschaft tiefgreifende Spuren hinterließen. Einerseits bedeuteten sie erheblichen industriellen Fortschritt für Belgien, andererseits führten sie zu unvergesslichem und oft auch unbezahlbarem menschlichem Verlust in Afrika. Diese gegensätzlichen Resultate unterstreichen die Ambivalenz und Komplexität kolonialer Wirtschaftsgeschichten, die uns noch heute zur kritischen Auseinandersetzung zwingen.

Leopold II. und die Entwicklung der Menschenrechte

Die Herrschaft von Leopold II. von Belgien lässt sich nur schwer von der Entwicklung der Menschenrechte im 20. und 21. Jahrhundert trennen. Während seiner Herrschaft über den Kongo-Freistaat wurden auf besonders grausame Weise Menschenrechte missachtet und verletzt, was weltweite Reaktionen hervorrief und bedeutende Veränderungen in der Wahrnehmung und Durchsetzung von Menschenrechten nach sich zog. Obwohl es nicht beabsichtigt war, spielte Leopold II. dennoch eine Schlüsselrolle in der Förderung und Entwicklung einer internationalen humanitären Bewegung, die letztlich zur Stärkung und Weiterentwicklung des menschenrechtlichen Denkens führte.

Leopold II. wurde nicht nur wegen seiner imperialen Ambitionen und der wirtschaftlichen Ausbeutung des Kongos berüchtigt, sondern auch aufgrund der unfassbaren Brutalität des dortigen Regimes. Er führte ein System ein, das auf Zwangsarbeit, abschreckenden Bestrafungen und extremer Gewalt basierte, um seine Interessen durchzusetzen. Wie Adam Hochschild in "King Leopold's Ghost" festhält, war der Golf von Guinea zu einem abscheulichen Schauplatz von grausamer Unterdrückung und systematischer Ausbeutung geworden (Hochschild, 1998).

Die Gräueltaten im Kongo führten zu einer breiten internationalen Reaktion, die von einer Vielzahl von Akteuren getragen wurde, darunter Missionare, Journalisten und Menschenrechtsaktivisten. Einer der bekanntesten Kritiker war der britische Journalist und Menschenrechtsadvokat E.D. Morel, dessen unermüdliche Bemühungen zur Gründung der Congo Reform Association führten, eine der ersten großen humanitären Bewegungen im 20. Jahrhundert (Pakenham, 1991).

Der öffentliche Aufschrei, der durch die Berichte über Misshandlungen im Kongo ausgelöst wurde, führte zu einer der frühesten globalen Menschenrechtskampagnen und half, ein internationales Bewusstsein für Menschenrechtsverletzungen zu schaffen. Diese frühe Phase des transnationalen Aktivismus stellte einen wichtigen Wendepunkt dar, da sie zeigte, dass internationale öffentliche Meinung und moralischer Druck tatsächlich einen Einfluss auf die staatliche Souveränität und die koloniale Politik haben können (Grant, 2001).

Der Kongo-Skandal verdeutlichte die Notwendigkeit eines völkerrechtlichen Schutzes von Menschenrechten und trug dazu bei, Diskurse über Menschenrechte und humanitäre Interventionen zu beflügeln. Dies fand seinen Ausdruck in den frühen Bemühungen zur Kodifizierung internationaler Standards, wie der Gründung des Völkerbundes 1919, die zwar nicht direkt durch die Ereignisse im Kongo verursacht wurde, aber von dem veränderten internationalen Klima der Rechenschaftslegung beeinflusst war (Mazower, 2012).

In den Jahren nach Leopolds Herrschaft entwickelten sich die Menschenrechte von einem moralischen Anspruch zu einem zentralen Bestandteil des Völkerrechts und politischer Praxis. Die Allgemeinen Erklärung der Menschenrechte von 1948 kann als direkte Folge aus den dramatischen Umbrüchen in der ersten Hälfte des 20. Jahrhunderts, darunter auch die im Kongo, verstanden werden. Sie formulierte erstmals universelle Standards für den Schutz der menschlichen Würde und bot einen Rahmen, der es ermöglichte, für die Rechte der Benachteiligten zu plädieren (Lauren, 2003).

In der Reflexion über Leopolds Herrschaft und deren Einfluss auf die Entwicklung von Menschenrechten zeigt sich ein paradoxes Vermächtnis: Während seine Taten unermessliches Leid verursachten, führten die internationalen Reaktionen darauf langfristig zu positiven Veränderungen hin zu einer gerechteren Weltordnung. St. Clair, Professor für Kolonialgeschichte, bemerkte hierzu: "Leopolds Herrschaft im Kongo-Freistaat war die Schockwelle, die humanitäres Denken über nationale Grenzen hinaus zu einem globalen Anliegen machte" (St. Clair, 1987).

Das widersprüchliche Erbe von Leopold II. zeigt deutlich, dass auch aus tiefem Unrecht eine Bewegung für Gerechtigkeit und respektvolle Beziehungen zwischen den Nationen erwachsen kann. Während viele der damaligen Schandtaten unfassbar bleiben, sind sie zugleich Mahnungen für die Notwendigkeit einer beständigen Wachsamkeit im Schutz der Menschenrechte weltweit.

Quellen:

Hochschild, Adam. "King Leopold's Ghost: A Story of Greed, Terror, and Heroism in Colonial Africa." Mariner Books, 1998.

Pakenham, Thomas. "The Scramble for Africa: White Man's Conquest of the Dark Continent from 1876 to 1912." Avon Books, 1991.

Grant, Kevin. "A Civilised Savagery: Britain and the New Slaveries in Africa, 1884–1926." Routledge, 2001.

Mazower, Mark. "Governing the World: The History of an Idea." Penguin Press, 2012.

Lauren, Paul Gordon. "The Evolution of International Human Rights: Visions Seen." University of Pennsylvania Press, 2003.

St. Clair, William. "The Gates of Africa: Death, Discovery, and the Search for Timbuktu." Farrar, Straus and Giroux, 1987.

Architektonisches und städtebauliches Erbe: Leopold II. als Bauherr

Leopold II. von Belgien hat in seiner Heimat Spuren hinterlassen, die bis heute sichtbar sind. Während seine kolonialen Ambitionen im Kongo berechtigterweise im Zentrum der kritischen Auseinandersetzung stehen, hinterlässt Leopold II. in Belgien selbst ein bedeutendes architektonisches und städtebauliches Erbe, das seine Herrschaft in einem anderen Licht erscheinen lässt. Diese Bauprojekte waren nicht nur Ausdruck von Leopolds persönlichem Geschmack und seiner Vorstellung von Modernität und Fortschritt, sondern auch ein Mittel, um seinen Namen und Einfluss in Belgien zu verewigen.

Nach seiner Thronbesteigung im Jahr 1865 begann Leopold II. eine ehrgeizige Baupolitik. Er verfolgte das Ziel, Belgien zu einem modernen und prestigeträchtigen Land zu machen. Zu den bekanntesten Projekten gehört die Erweiterung des Königlichen Palastes in Brüssel. Leopold wollte diesen nicht nur als Sitz der belgischen Monarchie repräsentativer gestalten, sondern auch als Symbol der nationalen Identität.

Ein weiteres eindrucksvolles Beispiel seines städtebaulichen Erbes ist die Avenue Louise. Diese elegante, breite Allee verbindet das Stadtzentrum Brüssels mit dem Bois de la Cambre, einem großen Stadtwald, der ebenfalls unter seiner Ägide angelegt wurde. Sie war Teil von Leopolds Vision, Brüssel zu einer modernen Hauptstadt umzugestalten. "Sport und Freizeit für das Volk" war ein Aspekt von

Leopolds Politik, der durch die Einrichtung von Grünflächen und Parks in der Stadt sichtbar wurde.

Die Überbleibsel seiner Herrschaft befinden sich nicht nur in Brüssel. In Ostende schuf er das Königliche Chalet und die prächtige Küstenpromenade. Diese Stadt sollte als mondänes Seebad Europa locken. Vor allem aber ließ Leopold die Ardennen als touristisches Ziel entwickeln, indem er Infrastrukturen wie Bahnen und Hotelkomplexe errichtete - ein früher Vorläufer des Massentourismus.

Finanziert durch den Reichtum, der mittels ausbeuterischer Praktiken im Kongo-Freistaat angehäuft wurde, werfen diese Bauprojekte jedoch auch einen Schatten auf Leopold II. Kritiker werfen ihm vor, die Profite aus dem Kongo-Freistaat benutzt zu haben, um diese prestigeträchtigen Bauwerke zu finanzieren - ein Thema, das bis heute kontrovers diskutiert wird (Cohen, "Imperial Machtspiele", 2020). Die Verbindung zwischen Leopolds architektonischem Vermächtnis in Belgien und seinen kolonialen Aktivitäten bleibt ein Bereich intensiver Debatte und Forschung.

Leopolds Baupolitik trug weiter dazu bei, die belgische Identität im Kontext eines jungen und dynamischen Nationalstaats zu untermauern. Diese Bestrebungen spiegeln sich im Geiste der damaligen Zeit wider, als viele europäische Monarchen versuchten, durch grandiose Bauprojekte ihre Länder als Teil der modernen Welt darzustellen. Leopolds Architekturprogramm ging jedoch über gewöhnliche

Monarchenprojekte hinaus; es war ein Versuch, Belgien in die Liga der großen europäischen Nationen zu katapultieren.

Auch nach Leopolds Tod im Jahr 1909 blieb sein Einfluss auf die belgische Architektur und das Stadtbild spürbar. Viele seiner Projekte wurden erst lange nach seiner Regentschaft abgeschlossen oder weitergeführt. Dennoch sind die von ihm initiierten Bauten ein bedeutender Teil der nationalen und kulturellen Erinnerung Belgiens. Sie bieten nicht nur Repräsentation und Pracht, sondern fordern immer wieder eine kritische Reflexion über den Ursprung ihres Reichtums und die Rolle der Kolonialzeit in der europäischen Geschichte heraus.

Die Anstrengung Leopold II., durch städtebauliche Unternehmungen seinen Stempel aufzudrücken, bleibt somit ein ambivalentes Erbe - einerseits ein Dokument seines weitreichenden Einflusses und seiner architektonischen Vision, andererseits jedoch untrennbar verbunden mit den moralischen und ethischen Verfehlungen seiner Zeit als Kolonialherr. Diese Diskrepanz fordert von der modernen Geschichtswissenschaft eine differenzierte Betrachtung seines Vermächtnisses, sowohl in architektonischer als auch in ethischer Hinsicht.

Das Bild von Leopold II. in der Kunst und populären Kultur

Leopold II., der belgische König, ist eine historische Figur, die sowohl in der Kunst als auch in der populären Kultur eine ambivalente Darstellung erfährt. Als Monarch, der für seine rigorose und oftmals brutale Kolonialherrschaft im Kongo bekannt ist, bietet sein Leben und Erbe Stoff für eine Vielzahl von künstlerischen und kulturellen Interpretationen. Diese reichen von literarischen Arbeiten über Filme bis hin zu modernen Kunstinstallationen und dienen als Spiegelbild der gesellschaftlichen Auseinandersetzung mit der kolonialen Vergangenheit.

Eine der einflussreichsten literarischen Auseinandersetzungen mit Leopolds Herrschaft ist Joseph Conrads Novelle *Herz der Finsternis*. Obwohl Leopold II. nicht namentlich im Buch erwähnt wird, bietet der düstere Einblick in die Ausbeutung und den Missbrauch im Kongo unter dem Deckmantel der Zivilisierung eine allegorische Kritik an seinen kolonialen Praktiken. Conrad beschreibt die grausame Realität der europäischen Kolonialbestrebungen, die im Widerspruch zu der für die Öffentlichkeit propagierten Perspektive der 'zivilisatorischen Mission' stehen. Diese literarische Schilderung wirkt bis heute nach und regt zur kritischen Reflexion über die Motive und Konsequenzen der Kolonialisierung an.

Auch in der bildenden Kunst hinterließ Leopold II. Spuren. Zahlreiche Denkmäler und Statuen, die während seiner Lebenszeit zu seinen Ehren errichtet wurden, sind im modernen Belgien zu umstrittenen Symbolen geworden. In jüngerer Zeit wurden viele dieser Monuments im Rahmen postkolonialer Bewegungen sowohl national als auch international kritisch beleuchtet und teils entfernt oder mit erklärenden Tafeln versehen. Diese Interventionen verkörpern den Konflikt zwischen der historischen Wahrnehmung Leopolds als nationaler Symbolfigur und der späteren Erkenntnis seiner menschenverachtenden Kolonialpolitik.

In der visuellen Kunst findet der Umgang mit Leopold II. ebenfalls Ausdruck. Einige zeitgenössische Künstler thematisieren seine brutale Kolonialherrschaft, indem sie Installationen und Gemälde schaffen, die sowohl die Schönheit als auch das Grauen der von ihm beeinflussten Regionen darstellen. Diese Arbeiten fordern den Betrachter auf, sich mit der kolonialen Vergangenheit und deren Auswirkungen auf die Gegenwart auseinanderzusetzen. Oft zielen sie darauf ab, die verheerenden Konsequenzen europäischer Expansion zu rekontextualisieren und das Bewusstsein für historische Ungerechtigkeiten zu schärfen.

In der Film- und Fernsehlandschaft wird Leopold II. sowohl in Dokumentationen als auch in historisch inspirierten Dramen behandelt. Diese Medien nutzen die Spannkraft der visuellen Erzählung, um das Publikum in die komplexe und oft widersprüchliche Welt von Leopolds Herrschaft einzuführen. Filme wie *Kongo: Im Dunkeln von Leopolds Imperium* oder Serienproduktionen versuchen, die Brutalität und die moralischen Dilemmata seiner Ära nachzubilden - und spiegeln damit die intensive Auseinandersetzung mit dieser historischen Figur wider.

Im Bereich der Populärkultur bleibt Leopold II. ein umstrittenes Thema. Karikaturen und Satiren, die sich mit seinem egoistischen Streben nach Ruhm und Macht befassen, finden immer wieder ihren Weg in die Medien. Solche Darstellungen verstärken das Bild eines tyrannischen Herrschers und lassen wenig Raum für die positiven Aspekte seiner Regierungsjahre in Belgien, wie die urbanen Entwicklungen in Brüssel. Dies unterstreicht, wie kritisch und vorurteilsbehaftet die moderne Gesellschaft die Geschichte unter dem Gesichtspunkt von Menschenrechten und Ethik betrachtet.

Leopold II. inspiriert somit eine breite Palette von Ausdrucksformen in Kunst und Kultur, die sowohl seine Macht und seinen Einfluss als auch die grausamen Konsequenzen seiner Herrschaft reflektieren. Diese Darstellungen fordern kontinuierlich zur Auseinandersetzung mit der Geschichte auf und tragen dazu bei, das Verständnis für die kulturellen und sozialen Nachwirkungen der Kolonialzeit zu vertiefen.

Postkoloniale Debatten: Rezeption und Revision von Leopold II.

Die postkolonialen Debatten rund um Leopold II. von Belgien und sein Wirken im Kongo-Freistaat haben in den letzten Jahrzehnten an Intensität gewonnen. Diese Diskussionen spiegeln eine tiefgreifende Auseinandersetzung mit der Geschichte wider, die sowohl die Taten Leopolds als auch die Art und Weise, wie diese im Laufe der Zeit interpretiert wurden, betreffen. Der Imperativ der kritischen Neubewertung kolonialer Geschichte wird durch die wachsende Einsicht in die Verflechtungen von Kolonialismus, Rassismus und ökonomischer Ausbeutung verstärkt.

Der Kongo-Freistaat, der zwischen 1885 und 1908 unter Leopolds persönlicher Kontrolle stand, wurde über Jahrzehnte hinweg als ein Beispiel imperialer Machtfülle und wirtschaftlicher Expansion betrachtet. Doch bereits in der frühen Phase seiner Herrschaft wurden die enormen menschenrechtlichen Verfehlungen bekannt, die unter seiner Ägide verübt wurden. Mit der weltweit zunehmenden Informationsverbreitung im 20. Jahrhundert begannen allmählich Revisionen von Leopolds Rolle, die auf internationaler Bühne sowohl in der Geschichtswissenschaft als auch in der breiteren Öffentlichkeit Anerkennung fanden.

Die postkolonialen Debatten sind untrennbar mit der kritischen Auseinandersetzung der europäischen Kolonialgeschichte und der Anerkennung der Stimmen ehemals unterdrückter Gruppen verbunden. Postkolonialismus, ein intellektueller Diskurs und analytischer Rahmen, bietet die notwendige Linse, um die Geschichte des Kongo-Freistaats neu zu bewerten. Das Ziel dieser Bewegung ist es, auf die stillen Kontinuitäten kolonialer Machtungleichgewichte hinzuweisen und deren Auswirkungen auf moderne Strukturen von Ungerechtigkeit und Ungleichheit offenzulegen.

Ein wichtiger Aspekt der postkolonialen Debatten um Leopold II. ist die Rekontextualisierung seiner Rollen in Belgien und im Kongo. Während er in Belgien aufgrund seiner stadtplanerischen und architektonischen Leistungen lange als großer Bauherr verehrt wurde, nimmt die Kritik an diesen Monumenten zu. Sie stellt die Frage in den Mittelpunkt, inwiefern derartige Werke mit den aus dem Kongo gezogenen Gewinnen zu bewerten sind.

Akademische Institutionen und Forscher tragen zu dieser Debatte bei, indem sie bisherige historische Narrative kritisch analysieren. Ein solcher Beitrag ist die Veränderung der Perspektiven auf Leopolds Herrschaft basierend auf Grundlagenforschung, die die historischen Quellen neu beleuchtet. Wie der Historiker Adam Hochschild in seinem Werk "King Leopold's Ghost" darlegt, eröffnet die Beschäftigung mit bisher vernachlässigten Details über die Verbrechen im Kongo neue Verständnisebenen, die sowohl Forschung als auch Erinnerungsarbeit beeinflussen („Hochschild, 1998“).

In jüngster Zeit sind die postkolonialen Debatten in Belgien selbst zunehmend in den Vordergrund gerückt, vor allem im Kontext gesellschaftlicher Bewegungen, die auf eine Dekolonisierung des öffentlichen Raums abzielen. Dies manifestiert sich beispielsweise in der Diskussion um den Verbleib von Leopolds Statuen in belgischen Städten und die Notwendigkeit, diese mit erläuternden Tafeln zu versehen oder zu verlegen. Diese Auseinandersetzungen sind Teil eines breiteren sozio-politischen Diskurses über Rassismus und kollektive Erinnerung.

Internationale Ereignisse, wie die „Black Lives Matter"-Bewegung, haben derartigen Diskussionen zusätzliche Dringlichkeit verliehen. Die Bewegung fordert nicht nur das Setzen neuer, gerechterer Parameter für die Erinnerung öffentlicher Persönlichkeiten, sondern auch die Anerkennung von Kolonialismus als strukturellem Problem, das weit über das 19. Jahrhundert hinaus reicht.

Die postkolonialen Debatten um Leopold II. bieten ein eindrucksvolles Beispiel für die kontinuierliche Notwendigkeit der Geschichtsaufarbeitung. Indem sie die Legitimierung und die militärische Absicherung europäischer Kolonialherrschaft kritisch hinterfragen, leisten diese Debatten einen Beitrag für eine gerechtere und umfassendere Geschichtsdarstellung. Die Reflexion über das Erbe des Kolonialismus und dessen strukturelle Langzeitwirkungen bleibt somit zentral für die Schaffung eines zukünftigen individuellen und kollektiven Bewusstseins.

Leopold II. und die Entstehung der internationalen humanitären Bewegung

Die Herrschaft von Leopold II. über den Kongo-Freistaat ist bis heute ein Synonym für brutale Ausbeutung und die Unterdrückung von Millionen Menschen. Doch inmitten dieser dunklen Kapitel der Geschichte entstand auch eine Gegenbewegung, die sich für die Rechte und das Wohlergehen der Kolonisierten einsetzte und zur Geburtsstunde der modernen internationalen humanitären Bewegung wurde.

Die internationalen Reaktionen auf die Verbrechen im Kongo stießen eine Vielzahl von Diskussionen und Aktionen an, die die Grundlage für die heutige globale Aufmerksamkeit gegenüber Menschenrechtsfragen legten. Der Aufschrei über die Schrecken im Kongo wurde von Missionaren, Journalisten und Aktivisten lautstark verbreitet, die durch ihre Berichterstattung die Grausamkeiten ans Licht brachten. Einer der bekanntesten Köpfe dieser Bewegung war der britische Journalist Edmund Dene Morel, der seine Karriere den Enthüllungen der Gräueltaten im Kongo-Freistaat widmete. Wie Adam Hochschild in seinem Werk „Schatten über dem Kongo“ beschreibt, veranlassten Morels ausführliche Enthüllungen eine globale Empörung gegen Leopold II. und seine Verwaltung des Kongo.

Der internationale Druck auf Leopold II., ausgelöst durch die gewaltige Empörung über die Verbrechen, führte zur Schaffung der internationalen humanitären Bewegung in ihrer modernen Form. Der Einfluss dieser Bewegung weitete sich aus und mündete in der Gründung von Organisationen und Netzwerken, die sich den Schutz der Menschenrechte und die humanitäre Hilfe zur Aufgabe machten. Auch die Gründung der Internationalen Gesellschaft für Menschenrechte (ISHR) und anderer Organisationen kann als direkte Folge dieser globalen Bewegung gesehen werden. Diese Organisationen bildeten die Keimzelle für erfahrene Praktiken in Bezug auf Menschenrechtsfragen, die auch in der Zukunft als Modell für den Schutz von Minderheiten und Unterdrückten dienen sollten.

Zudem brachte diese Ära wichtige Gespräche über Verantwortung, Ethik und den Einsatz für eine gerechtere Weltordnung voran. Die Aktionen der internationalen Gemeinschaft im Angesicht der brutalen Kolonialherrschaft trugen maßgeblich zu einer verstärkten globalen Sensibilität bei und etablierten Standards für internationale Interventionen bei Menschenrechtsverletzungen. Zum ersten Mal in der Geschichte war die internationale öffentliche Meinung in der Lage, Regierungen unter Druck zu setzen und bedeutungsvolle Veränderungen zu fordern. Simon Schama, ein führender Historiker, hebt in seinen Analysen hervor, wie entscheidend dieser Moment für die Bildung transnationaler Bündnisse war, die heute eine wesentliche Rolle im Kampf gegen Ungerechtigkeit spielen.

Nicht zu übersehen war auch der Einfluss der feministischen Bewegung auf die internationalen Reaktionen zu den Geschehnissen im Kongo. Zahlreiche Frauen traten an die Spitze dieser Kampagnen, unter ihnen die US-amerikanische Autorin Harriet Beecher Stowe, die unauslöschlich ihre Stimme für die Unterdrückten erhob. Ihre Arbeit hinterließ einen unverkennbaren Abdruck und half, weiblichen Aktivismus als zentrale Säule humanitärer Bemühungen zu etablieren.

Die Entstehung der internationalen humanitären Bewegung durch die Reaktionen auf Leopold II.s Kongo-Desaster verdeutlicht die Macht von Öffentlichkeitsarbeit und internationalem Druck. Die heutigen Menschenrechtsstandards haben ihre Wurzeln in der mutigen Berichterstattung und den kompromisslosen Aktionen jener, die nicht bereit waren, Ungerechtigkeit und Brutalität hinzunehmen. In dieser Hinsicht war die Episode um Leopold II. nicht nur ein dunkles Kapitel der Kolonialgeschichte, sondern auch ein Katalysator für eine globale Bewegung, die sich für Gerechtigkeit, Frieden und Gleichheit einsetzt. Das Erbe dieser Bewegung ist höchst lebendig und wirkt in der fortdauernden Arbeit jener, die sich weltweit für die Menschenrechte stark machen, weiter.

Leopold II. und die Gestaltung europäischer Kolonialpolitik im 19. Jahrhundert

Die Gestalt Leopolds II. von Belgien markiert eine entscheidende Episode in der weitreichenden Entwicklung der europäischen Kolonialpolitik des 19. Jahrhunderts. Diese Phase, auch bekannt als das 'Zeitalter des Imperialismus', erlebte das Wachstum europäischer Kolonialreiche in einem bisher beispiellosen Umfang. Leopold II. spielte eine zentrale Rolle in diesem Prozess, indem er eine spezifische Form des Kolonialismus prägte, die sich nicht nur durch extreme Ausbeutung und Grausamkeiten, sondern auch durch subtile propagandistische Taktiken auszeichnete.

Zu Beginn seiner Herrschaft stand Leopold II. vor der Herausforderung, die politische Macht und den internationalen Einfluss seines kleinen Königreichs zu stärken. Als ambitionierter Monarch hatte er früh die Vision, Belgien in die Reihe der europäischen Großmächte zu erheben, und er erkannte den Erwerb von Kolonien als Schlüssel zu diesem Vorhaben. „Eine Kolonie zu haben", so schrieb Leopold 1861, „bedeutet einen Anteil am Wachstum und Reichtum der Welt zu erlangen" (Quelle: Histoire générale de l'Afrique). Dennoch war der Wettlauf um Afrika geprägt von Rivalitäten zwischen den europäischen Nationen, die alle auf der Suche nach neuen Märkten und Ressourcen waren.

Der Berliner Kongress von 1884-85 ist ein zentraler Punkt in der Betrachtung von Leopolds Beitrag zur Kolonialpolitik. Initiator war übrigens Otto von Bismarck, der die Konferenz organisiert hatte, um die kolonialen Ansprüche der europäischen Nationen in Afrika zu koordinieren und Streitigkeiten zu vermeiden. Hierbei gelang es Leopold in geschickten diplomatischen Manövern, den Kongo-Freistaat als seinen persönlichen Besitz zu etablieren. Diese Tatsache machte den Kongo zur einzigen Kolonie unter der direkten Herrschaft eines einzelnen Monarchen, was eine nie dagewesene Form von Kolonialbesitz darstellte. Zu diesem Zeitpunkt wurde das Prinzip der effektiven Besetzung eingeführt, ein Konzept, das festlegte, dass eine Koloniemacht die tatsächliche Kontrolle über ein Territorium haben musste, um internationales Recht aufzuweisen. Dieses Prinzip kam Leopold zunutze, um seine territorialen Ansprüche zu verrechtlichen, während seine Armee die Kontrolle vor Ort übernahm.

Leopolds Annäherung an die Kolonialpolitik hob sich auch durch die systematische Anwendung von wirtschaftlichem Druck und psychologischen Manipulationen ab, abseits der direkten diplomatischen Treffen. Während andere Mächte hauptsächlich militärischen Druck und direkte Territorialansprüche geltend machten, nutzte Leopold finanziell motivierte Frontorganisationen und knüpfte Netzwerke mit humanitären Vorwänden, um seine Präsenz im Kongo zu legitimieren. Eine berüchtigte Ausgabe ist das Comité d'Études du Haut-Congo, ein verkleidetes Unternehmen, das politisch-verankerte Verträge mit lokalen aus afrikanischen Führern abschloss, die meist die Ernsthaftigkeit dieser Transaktionen nicht vollständig erkannten (Quelle: Hochschild, Adam. "Schatten über dem Kongo", 1998).

Ein weiteres wichtiges Charakteristikum von Leopolds Stil war seine aggressive Ausbeutung von natürlichen Ressourcen, insbesondere Gummi und Elfenbein, indem er nicht nur übermäßige Gewinne erzielte, sondern auch die Struktur eines harten Arbeitsregimes im Kongo etablierte. Diese Praktiken erzeugten gravierende soziale und wirtschaftliche Folgen in der Region, die die nachhaltige Entwicklung des Kongo tiefgreifend beeinträchtigten. Gleichzeitig forcierten solche Methoden auch die Spannungen mit den internationalen und nationalen Bewegungen, die sich danach sehnten, die unmenschlichen Bedingungen ans Licht zu bringen. Dies führte schließlich zu einer der ersten großen internationalen humanitären Protestbewegungen gegen Kolonialmissbräuche.

Obwohl das Königreich Belgien leibar in die Verwaltung des Kongo-Freistaates per 1908 eingriff, wirkte sich die mörderische Politik Leopolds nachhaltig auf die Gestaltung zukünftiger europäischer Kolonialverhältnisse. Sie veranschaulichte die extremen Verfahren der Ressourcenextraktion und politischen Einschüchterungen, die in vielen anderen Kolonien zum alltäglichen Instrumentarium gehörten. Noch lange nach seinem Tod blieben Lehren aus der

Herrschaft Leopolds im Kongo ein zentrales Anliegen für Historiker, die untersucht, wie seine Methoden in großem Maße nach Europa und in die internationale Arena eingeflossen sind.

In letzter Konsequenz wird die Bedeutung und Wirkung von Leopold II.s Einfluss auf die Kolonialpolitik nicht nur an seinem direkten Handeln gemessen, sondern auch an der langsamen Entwicklung hin zu umfassenderen Reflexionen über die Rechtmäßigkeit und Moralität der imperialistischen Aktivitäten jener Zeit. Angesichts der von ihm inspirierten Debatten bleibt Leopold II. ein kontroverses Symbol für den wilden, aber auch oft opportunistischen Geist des europäischen Imperialismus des 19. Jahrhunderts.

Historische Bewertung: Leopold II. im Spiegel der Zeitgeschichte

Leopold II. und die Kolonialpolitik im 19. Jahrhundert

Die Kolonialpolitik des 19. Jahrhunderts war maßgeblich geprägt von europäischen Mächten, die versuchten, ihren Einfluss und Reichtum durch die Erschließung neuer Märkte und Ressourcen in Afrika und Asien zu vergrößern. Im Zentrum dieser Entwicklung stand Leopold II. von Belgien, dessen persönlicher Ehrgeiz und scharfsinniges diplomatisches Geschick ihn in die Lage versetzten, einen bedeutenden Einfluss in Afrika zu erlangen, der weitreichende Konsequenzen sowohl für den Kontinent als auch für die damalige globale politische Landschaft hatte.

Im Streben nach einem Kolonialreich sah sich Leopold II. als Modernisierer und Fortschrittsbefürworter, der Belgien zu einer führenden Kolonialmacht etablieren wollte. Dazu nutzte er die Gegebenheiten des Zeitalters des Imperialismus geschickt aus, insbesondere die Spannungen zwischen den großen europäischen Nationen, die in einem hektischen Wettlauf um territoriale Erwerbungen standen. Die Berliner

Konferenz von 1884/85, auf der die Aufteilung Afrikas unter den europäischen Mächten besiegelt wurde, bot Leopold eine Bühne, seine kolonialen Ambitionen zu verwirklichen, indem er die internationalen Bedenken hinsichtlich der Kolonialisierung Afrikas für sich zu nutzen wusste.

Leopold II. setzte auf eine Mischung aus diplomatischem Geschick und geschickter Public Relations, um das internationale Publikum von den vermeintlich zivilisatorischen und humanitären Zielen seiner kolonialen Unternehmungen zu überzeugen. Er kundschaftete vor allem in Großbritannien und den USA nach Unterstützern, darunter Philanthropen und Missionare, die er für seine Ideen gewinnen konnte, indem er die koloniale Unternehmung als ein altruistisches Projekt darstellte, das dem Kampf gegen den afrikanischen Sklavenhandel und der Beförderung von Fortschritt und Zivilisation in den sogenannten „dunklen Kontinent" diene. Judith Kalb, eine Historikerin mit Schwerpunkt auf imperialer Politik, notiert dazu: „Leopold benutzte die Sprache des Humanitarismus als diplomatisches Werkzeug, um die Befreiung Afrikas als eine moralische Verpflichtung Europas zu rahmen."

Hinter dieser Fassade verbarg sich jedoch das primäre Motiv der Ausbeutung. Der Kongo-Freistaat, der als persönliches Lehen Leopolds deklariert wurde, war ein Experiment der wirtschaftlichen Auspressung mithilfe der brutalen Ausnutzung der einheimischen Bevölkerung und der ungehemmten Nutzung der natürlichen Ressourcen. Historikern zufolge war das System, das dort etabliert wurde, beispiellos in seiner Grausamkeit und Zielstrebigkeit, mit dem es wirtschaftliche Interessen verfolgte. Wirtschaftsprofessor Adam Hochschild beschreibt es als „Modell neokolonialer Privatisierung, bei dem Wirtschaft geklont werden sollte, ohne Verantwortung gegenüber Menschen oder ihrer Würde."

Als König eines relativ kleinen und machtpolitisch begrenzten Staates zeichnete sich Leopold II. durch seine außergewöhnliche Fähigkeit aus, große Teilen der Verantwortung von der belgischen Krone auf sein persönliches Konto umzuleiten, indem er die Verwaltung des Kongo aus der Reichweite der belgischen Regierung und des Parlaments hielt. Verschiedene politische Kommentatoren beschreiben dies als einen Akt schierer Kalkulation, durch den er versuchte, kolonialen Expansionismus mit persönlichem Profit zu verbinden - eine Verbindung, die letztendlich sein internationales Image als einflussreicher Machtpolitiker formte, der nur von seinen wirtschaftlichen Interessen angetrieben wurde.

Gleichzeitig blieb seine Rolle im Kontext der europäischen Kolonialpolitik des 19. Jahrhunderts ambivalent. Während Leopold II. einerseits als visionärer Monarch bewundert wurde, der dem Hunger Belgiens nach einem Platz im Kreis der großen Mächte gerecht wurde, wuchs andererseits der internationale Druck auf den König aufgrund von Berichten über Gräueltaten und Misswirtschaft im Kongo. Es war genau dieser Widerspruch, der die Diskussion um seine Herrschaft und dessen Erbe bis in die heutige Zeit prägt.

Zusammenfassend lässt sich festhalten, dass Leopold II. mit seinen kolonialen Unternehmungen im 19. Jahrhundert sowohl das geopolitische Klima seiner Zeit meisterlich ausnutzte als auch eine komplizierte und bis heute umstrittene Hinterlassenschaft schuf. Diese duale Sichtweise eröffnete ihm nicht nur erhebliche wirtschaftliche Vorteile, sondern stellte auch sicher, dass seine Taten - und die Methoden, die er anwandte - in den darauffolgenden Generationen eingehend analysiert und kritisch bewertet wurden. Seine Geschichte bleibt ein signifikantes Kapitel der europäischen Kolonialpolitik, das weiterhin intensive wissenschaftliche Auseinandersetzungen und ethische Bewertungen fördert.

Die Rolle Leopolds II. im Kontext des europäischen Imperialismus

Im Zeitalter des Imperialismus, das sich vom späten 19. Jahrhundert bis in die Anfänge des 20. Jahrhunderts erstreckte, strebten die europäischen Mächte nach der Ausweitung ihrer territorialen Kontrolle und wirtschaftlichen Macht auf globaler Ebene. Innerhalb dieses Rahmens spielte Leopold II. von Belgien eine ambivalente Rolle. Sein Streben nach einem persönlichen Kolonialreich im Herzen Afrikas, der Kongo-Freistaat, entspringt aus dem Wunsch nach nationalem Ruhm und persönlichem Gewinn. Doch Leopolds

Vorgehen zeugt zugleich von einer skrupellosen Anwendung imperialer Praktiken, die typisch für diese Epoche des äußersten Machtmissbrauchs waren.

Unter den Monarchen Europas stand Leopold II. als eine Art Pionier des Kolonialismus, indem er als Einzelperson, nicht als Vertreter seines Staates, ein Land von der Größe Westeuropas in seine Kontrolle brachte. Diese duale Rolle unterscheidet ihn von vielen seiner Zeitgenossen. Während nationale Regierungen in Frankreich, Großbritannien und Deutschland ihre Expansion unter offiziellen politischen und ökonomischen Mandaten vorantrieben, verfolgte Leopold ein weitgehend personales Projekt. Dabei nutzte er die Plattform der sogenannten "Association Internationale Africaine" und internationale Konferenzen, wie die Berliner Konferenz von 1884/85, um seinen Anspruch zu legitimeren, in einem diplomatischen Schachzug, der die europäischen Mächte umgarnte und hinters Licht führte.

Während diese kolonialen Ambitionen Leopolds auf den ersten Blick mit der Expansion der imperialen Kräfte in Indien, Südostasien und Afrika vergleichbar sind, enthüllte die Realität im Kongo ein weitaus düsteres Bild. Die brutalen Methoden, die im Kongo-Freistaat angewandt wurden, um Gewinne aus Ressourcen wie Elfenbein und Kautschuk zu maximieren, unterscheiden sich drastisch von den sonst angewendeten Praktiken; hier nimmt Leopolds Vorgehen eine besonders extreme Position ein. Zwangsarbeit, die brutale Misshandlung der einheimischen Bevölkerung einschließlich Folter und Verstümmelungen sowie die Veruntreuung öffentlicher Gelder verdeutlichen die Tiefe der moralischen Verfehlungen, die unter seinem Regime begangen wurden. Der Historiker Adam Hochschild beschreibt in "King Leopold's Ghost" anschaulich, wie der Kongo-Freistaat in der Praxis eher wie ein privater Arbeitslagerriese funktionierte denn als eine reguläre Kolonie mit kommerziellem Zweck.

Leopold II. hinterließ ein Vermächtnis in den strukturellen Gewaltverhältnissen, die der europäische Imperialismus hervorgebracht hatte. Die internationale Gemeinschaft reagierte bestürzt, als missionarische und journalistische Enthüllungen über die Greuel im Kongo die globale Öffentlichkeit erreichten und den „Blutkongo"-Skandal auslösten. Diese Aufdeckungen trugen maßgeblich zur Entwicklung einer Bewegung bei, die die unmenschlichen Praktiken kritisierte und letztlich dazu führte, dass der Kongo-Freistaat von Belgien 1908 annektiert wurde. Die dadurch ausgelösten Empörung und das sich wandelnde Bild von Leopold II. trugen zur Debatte über die Praxis und Ethik des Imperialismus bei.

Dabei sollte jedoch nicht übersehen werden, dass Leopolds Haltung und Handlungen im Kontext seiner Zeit, wenngleich extrem, keineswegs isoliert waren: Der Wachstumsdrang und die Ausbeutungsmechanismen, die von belgischen, britischen, französischen und deutschen Unternehmungen verfolgt wurden, zeigen die Gemeinsamkeiten der kolonialen Bestrebungen auf. Wie die Arbeiten von Pakenham in "The Scramble for Africa" verdeutlichen, war die koloniale Verwaltung auf Kosten der indigenen Bevölkerungen ein weiter verbreitetes Übel.

In retrospektiver, historischer Bewertung rückt Leopold II. in den Vordergrund, nicht nur wegen der außerordentlichen Brutalität seines Regimes, sondern auch als prägnante Verkörperung der extremsten Auswirkungen europäischer Expansion. Seine Rolle im Kontext des europäischen Imperialismus ist somit von besonderer Bedeutung, da sie die gewaltsame, ausbeuterische Natur jener Zeit exemplifiziert und gleichzeitig die moralischen und ethischen Fragen offenlegt, die in den imperialistischen Bestrebungen Europas oft marginalisiert wurden.

Zeitgenössische Wahrnehmungen und Kritik an Leopolds Herrschaft

Die Zeitgenossen von Leopold II. waren gespalten in ihrer Wahrnehmung seiner Herrschaft. Obwohl der belgische König zur damaligen Zeit weithin als Visionär für seine Ambitionen, Belgien zu einer bedeutenden kolonialen Macht zu formen, gefeiert wurde, gab es auch erhebliche Kritik. Seine Expansionspolitik, die sich besonders im

Kongo-Freistaat manifestierte, wurde sowohl national als auch international mit Skepsis betrachtet.

Ein zentraler Aspekt der zeitgenössischen Wahrnehmung war Leopolds Fähigkeit, ein unzugängliches Gebiet für europäische Interessen zu erschließen. Während einige dies als bemerkenswerten Beitrag zur Zivilisation und wirtschaftlichen Expansion lobten, sahen andere darin eine skrupellose Ausbeutung. Kritische Stimmen warfen diesem Modell vor, dass es nicht nur auf wirtschaftlichem Gewinn basierte, sondern auch auf einer brutalen und unmenschlichen Behandlung der kongolesischen Bevölkerung. Diese Sichtweise wurde durch Berichte von Missionaren und Abenteurern, die über die grausamen Praktiken der Zwangsarbeit und des brutalen Umgangs mit Einheimischen berichteten, genährt.

Ein bemerkenswerter Kritiker war der britische Konsul Roger Casement, dessen Berichte über die menschlichen Kosten der Kautschukgewinnung im Kongo empörte Reaktionen in Europa hervorriefen. In seinem berühmten "Congo Report" schilderte Casement die systematische Unterdrückung und die entsetzlichen Bedingungen, unter denen die Bevölkerung leben musste. Der Journalist E.D. Morel unterstützte diese Berichte und startete mit der Congo Reform Association eine der ersten globalen Kampagnen für Menschenrechte.

Leopold II. selbst bemühte sich, die entstehende Kritik zu zerstreuen, indem er eine Reihe von Reformen versprach. Dies war allerdings weitgehend kosmetischer Natur, da die wirtschaftliche Ausbeutung weiterhin unvermindert stattfand. Unterdessen reichte die Kritik weit über die Grenzen von Belgien hinaus: In Großbritannien und den Vereinigten Staaten verurteilten prominente Persönlichkeiten wie Mark Twain und Sir Arthur Conan Doyle öffentlich die Verbrechen im Kongo, was zu einer internationalen Bewegung führte, die schließlich Leopolds Kontrolle über den Kongo beendete.

Trotz der Ablehnung von Leopolds Methoden durch viele seiner Zeitgenossen, blieb jedoch eine beachtliche Anzahl von Unterstützern im In- und Ausland, die die wirtschaftlichen Vorteile anerkannten, die Belgien durch den Kongo erlangte. Dies führte zu einer komplexen gesellschaftlichen Debatte über den Preis des menschlichen Lebens im Streben nach wirtschaftlichem Fortschritt.

Die zeitgenössische Kritik an Leopold II. spiegelt einen entscheidenden Wendepunkt in der öffentlichen Diskussion über Imperialismus und koloniale Verantwortung wider. Seine Herrschaft illustriert die Spannungen zwischen wirtschaftlichem Gewinn und ethischem Handeln, Themen, die bis heute in der Kolonialdebatte fortbestehen. Die Breite und Heftigkeit der Kritik, die im ausgehenden 19. und beginnenden 20. Jahrhundert laut wurde, bereitete den Boden für eine veränderte öffentliche Meinung und trug dazu bei, die Notwendigkeit internationaler Menschenrechtsstandards deutlich zu machen.

Der Kongo-Freistaat: Ein Experiment imperialer Ausbeutung

Im Jahr 1885 schuf König Leopold II. von Belgien den Kongo-Freistaat, ein Gebilde, das als privater Besitz des belgischen Monarchen deklariert wurde und in der Folge als ein düsteres Kapitel in die Geschichte der Kolonialherrschaft einging. Aufgrund seiner einzigartigen Struktur – einer Kolonie, die einem Einzelherrscher gehörte, anstatt einem Nationalstaat – war der Kongo-Freistaat von Beginn an ein Experiment imperialer Kontrolle und Ausbeutung, das durch seine brutalen Methoden und effiziente Ausplünderung des Territoriums gekennzeichnet war.

Leopold II. hatte den Kongo ursprünglich unter dem Deckmantel humanitärer und wohltätiger Missionen erworben und versprach die Verbesserung des Lebens der einheimischen Bevölkerung, den Kampf gegen den Sklavenhandel und die Förderung des Handels. In der Realität diente der Kongo-Freistaat jedoch ausschließlich Leopolds persönlichem Reichtum und seinem Streben nach Prestige. Wie Adam Hochschild in seinem Werk "Schatten über dem Kongo" darlegt, setzte Leopold eine äußerst effiziente Verwaltung ein, die sich vor allem durch Zwang und Gewalt auszeichnete: „Im Kongo erfolgte die Erschließung und Verwaltung fast ohne Mittelklasse: Weiß und schwarz standen sich gegenüber in einem Marsch gefesselt von Schlägen, mit Gewehren wie Peitschen" (Hochschild, 1998).

Der Hauptfokus der wirtschaftlichen Ausbeutung des Freistaates war auf Elfenbein und Kautschuk gerichtet. Unternehmen erhielten große Gebiete zur Ausbeutung, wobei die einheimische Bevölkerung oft versklavt wurde, um die enormen Produktionsquoten zu erfüllen. Die von der "Force Publique", einer durch Leopold geworbenen Kolonialarmee, rigoros durchgesetzten Maßnahmen führten zu entsetzlichen Menschenrechtsverletzungen, darunter Verstümmelungen, Massaker und Zwangsarbeit. Der Historiker Jan Vansina beschreibt diesen Schrecken wie folgt: „Die Grausamkeiten waren kein Ziel an sich, sondern ein Mittel zur Produktivitätssteigerung. Dennoch boten sie eine entsetzliche Überwachung, die wirtschaftlichen Ausbeutungszielen gleichkam“ (Vansina, 1990).

Der Kongo-Freistaat wurde unter diesen Umständen zum Inbegriff einer Kolonialverwaltung, die mehr Wert auf Profite als auf das Wohl der Menschen legte. Dies führte zu internationalem Aufschrei und Kritik prominenter Persönlichkeiten, darunter Mark Twain und Arthur Conan Doyle, die die barrikadenlose Ausbeutung öffentlich anprangerten. Twains Essaysammlung "King Leopold's Soliloquy" stellt eine scharfe Satire dar, die Leopolds Rechtfertigungen auseinandernimmt: „Die Menschheit wollte Verbrechen gegen die Menschlichkeit verbergen? Nein! Aber sie wollte sie in der Ökonomie verbergen!" (Twain, 1905).

Die internationale Empörung zwang schließlich die belgische Regierung zur Eingriff, die 1908 die Kontrolle über den Kongo übernahm und so den Kongo-Freistaat in eine reguläre Kolonie umwandelte. Die Offenlegung der Verbrechen veränderte den globalen Diskurs über Kolonialverbrechen und ließ die Welt aufhorchen über die Grausamkeit imperialer Bestrebungen, die sowohl strukturell verankert als auch persönlich motiviert waren. Das Vermächtnis des Kongo-Freistaats wirft noch heute Schatten auf die Debatte über Kolonialismus und die Anerkennung historischer Ungerechtigkeiten. Die Schrecken von Leopolds Herrschaft leben in der Erinnerung an die Zehnmillionen von Kongolesen, die diesen Traum von imperialem Ausbau mit ihrem Leben bezahlten.

Historische Kontroversen: Rufe nach Gerechtigkeit und Reformen

Die Herrschaft von Leopold II. über den Kongo-Freistaat war von einer solchen Brutalität und Ausbeutung gekennzeichnet, dass sie bereits zu seinen Lebzeiten heftige Kontroversen auslöste. Der Ruf nach Gerechtigkeit und Reformen wurde schon Ende des 19. Jahrhunderts und Anfang des 20. Jahrhunderts laut, als Enthüllungen über die

Gräueltaten an die internationale Öffentlichkeit gelangten. Dies war eine Zeit intensiven Wandels und wachsenden Bewusstseins hinsichtlich der Menschenrechte, und der Druck auf Leopold und seine Verwaltung nahm stetig zu.

Bereits in den späten 1890er Jahren begannen Berichte über die Missbräuche im Kongo-Freistaat die Runde zu machen. Missionare, Reisende und Händler waren unter den ersten, die die schockierenden Bedingungen im Inneren der Kolonie dokumentierten. Einer dieser frühen Kritiker war George Washington Williams, ein afroamerikanischer Missionar, der 1890 nach seiner Reise in den Kongo der Welt einen offenen Brief präsentierte, in dem er die „Verbrechen gegen die Menschlichkeit" anprangerte, die unter Leopolds Herrschaft begangen wurden.

Die internationale Kritik gipfelte in der Kampagne des britischen Journalisten E.D. Morel und des Diplomaten Roger Casement. Morel, der die außergewöhnlich hohen Exporte an Kautschuk aus dem Kongo untersuchte, schlussfolgerte auf die unmenschlichen Methoden, die dafür eingesetzt wurden. Casement, der vom britischen Auswärtigen Dienst beauftragt wurde, die Gerüchte zu untersuchen, verfasste den sogenannten Casement-Bericht, der 1904 veröffentlicht wurde und detailliert die Gewaltakte gegen die kongolesische Bevölkerung aufzeigte.

Diese Aufdeckungen führten zu einem beispiellosen gesellschaftlichen Druck auf Leopold II., der vorderlich von humanitären Bewegungen wie dem Congo Reform Association getragen wurde. Ziel dieser Gruppierung war es, die internationale Gemeinschaft zu sensibilisieren und diplomatischen Druck auf die belgische Krone auszuüben, um eine Reform der Verwaltung im Kongo zu erzwingen.

Der Druck zeigte schließlich Wirkung, und 1908 übertrug Leopold, durchaus unfreiwillig, die Kontrolle über den Kongo-Freistaat an den belgischen Staat. Dieser Übergang markierte das Ende von Leopolds persönlicher Herrschaft, setzte jedoch auch den internationalen Diskurs über die Kolonialpraktiken der Europäer fort. Der Kongo wurde fortan als belgische Kolonie geregelt, was jedoch nicht sofort eine Verbesserung der Lebensbedingungen herbeiführte.

Die historischen Kontroversen um Leopold II. werfen bis heute Fragen nach der Verantwortung und den Auswirkungen von Kolonialherrschaft auf. Während zu seinen Lebzeiten viele Reformen nur auf internationalen Druck hin angestoßen wurden, zeigt ein Blick auf die politische Landschaft der damaligen Zeit, dass derlei Diskussionen auch Beitag der sich verändernden internationalen Moralvorstellungen waren. Sie reflektieren zudem den Beginn einer globalen Diskussion über Machtmissbrauch und Menschenrechte, deren Echo bis ins 21. Jahrhundert reicht.

Der moralische und historische Schuldspruch gegen Leopold prägt die Geschichtsdebatte bis heute. In der modernen Geschichtsschreibung und Aufarbeitung kolonialer

Vergangenheit wird Leopolds Herrschaft immer wieder als Musterbeispiel für das Scheitern des kolonisierenden Westens in Bezug auf Menschlichkeit und ethische Verantwortung angeführt. Die Kontroversen um seine Herrschaft bieten ein kritisches Aufzeigen der Probleme imperialen Denkens und der Herausforderungen, Gerechtigkeit für vergangene Unrecht zu erfahren und daraus Reformen für die Zukunft zu entwickeln.

Die Aufarbeitung der kolonialen Verbrechen im Kongo

Die Aufarbeitung der kolonialen Verbrechen im Kongo stellt einen zentralen Punkt in der modernen Geschichtsschreibung über Leopold II. dar. Während seiner Herrschaft über den Kongo-Freistaat kam es zu gravierenden Menschenrechtsverletzungen, die im globalen Bewusstsein als eines der schlimmsten Kapitel des europäischen Kolonialismus verankert sind. Erst im vergangenen Jahrhundert begann man, diesen Teil der Geschichte kritisch zu hinterfragen und die volle Tiefe der Vergehen zu erkennen und zu diskutieren.

Der Ursprung des Kongo-Freistaats geht auf die Berliner Konferenz von 1884/85 zurück. Unter dem Deckmantel humanitärer Hilfe und zivilisatorischer Mission erhielt Leopold II. die internationale Anerkennung für seine

Herrschaft über den Kongo. Doch der eigentliche Zweck der Kolonie war rein wirtschaftlicher Natur, vorangetrieben durch die Ausbeutung der reichen Ressourcen, insbesondere Kautschuk und Elfenbein. Berichte aus dem Kongo-Freistaat belegen systematische Gewaltpraktiken gegen die einheimische Bevölkerung, die unter grausamen Arbeitsbedingungen litt.

Die kritische Aufarbeitung dieser Verbrechen wurde maßgeblich durch internationale Humanitäre und Missionare wie den Briten Edmund Dene Morel und den amerikanischen Missionar William Henry Sheppard vorangetrieben. Ihre Berichte offenbarten der Welt das Ausmaß der Gräueltaten. Morel gründete die "Congo Reform Association", die sich mit prominenter Unterstützung, wie der von Schriftstellern Mark Twain und Arthur Conan Doyle, für Verbesserungen einsetzte. Sie spielten eine entscheidende Rolle bei der Mobilisierung der internationalen Meinung gegen Leopolds Regime.

Im 21. Jahrhundert rückten diese Verbrechen verstärkt in den Mittelpunkt des öffentlichen Diskurses, nicht zuletzt durch postkoloniale Bewegungen und den zunehmenden Fokus auf historische Gerechtigkeit. Die Diskussion über die Verantwortung für koloniale Verbrechen und die Forderung nach Entschädigung nehmen seither einen bedeutenden Platz im europäischen und afrikanischen Dialog ein. Die Besuche belgischer Staatsoberhäupter im Kongo, wie etwa der Besuch von König Philippe im Jahr 2020, tragen zur symbolischen Aufarbeitung bei. Eine offizielle

Entschuldigung Belgiens für die Verbrechen steht jedoch noch aus und bleibt Gegenstand kontroverser Diskussionen.

Der Einfluss des Erbes von Leopold II. auf das heutige belgische und kongolesische Selbstverständnis ist immens. Viele Denkmäler aus der Kolonialzeit wurden entfernt oder umgewidmet, um dem veränderten Verständnis dieser Ära Rechnung zu tragen und die Erinnerungskultur zu reflektieren. Dieser Prozess ist Bestandteil einer breiteren Bewegung, die sich mit der Dekolonisierung von Geschichtsschreibung und gesellschaftlichen Symbolen auseinandersetzt.

Als zentraler Bestandteil historischer Gerechtigkeit erweist sich die Bildung. In Belgien wird die koloniale Vergangenheit zunehmend in schulischen Lehrplänen integriert, um ein differenziertes Verständnis der Geschichte zu fördern. Diese Bemühungen zeigen, dass die Aufarbeitung der kolonialen Verbrechen im Kongo nicht nur ein Akt der Wiedergutmachung für die Vergangenheit ist, sondern entscheidend für die Zukunftsgestaltung belgischer und internationaler Erinnerungs- und Beziehungspolitik.

Leopold II. in der belgischen Erinnerungskultur

Die belgische Erinnerungskultur an Leopold II. ist ein faszinierendes und zugleich kontroverses Thema, das die komplexe Beziehung zwischen nationalem Erbe, kolonialer Schuld und historischer Aufarbeitung reflektiert. In Belgien hat Leopold II., der von 1865 bis 1909 König war, eine tief gespaltene Hinterlassenschaft hinterlassen, die bis heute das nationale Gedächtnis prägt.

In der unmittelbaren Nachkriegszeit des Ersten Weltkriegs wurde Leopold II. in Belgien überwiegend positiv wahrgenommen. Sein Beitrag zur nationalen Identität und zur architektonischen Entwicklung des Landes wurden hervorgehoben. In dieser Zeit genoss er den Ruf eines vorausschauenden Monarchen, der das Land in die Moderne geführt hatte. Dies spiegelt sich unter anderem in der weit verbreiteten Errichtung zahlreicher Denkmäler und Straßenbenennungen zu seinen Ehren wider.

Mit dem wachsenden Bewusstsein für die brutalen Methoden, die während der Herrschaft im Kongo-Freistaat angewandt wurden, begann sich ab Mitte des 20. Jahrhunderts jedoch die öffentliche Wahrnehmung zu verändern. Akademische Arbeiten, wie jene des Historikers Jan Vansina, der in den 1960er Jahren die Gräueltaten im Kongo eingehend untersuchte, trugen entscheidend dazu bei, das Bild Leopolds zu korrigieren und seine Rolle im Kontext kolonialer Verbrechen kritisch zu hinterfragen. Vansina führte in einem seiner zentralen Werke aus, dass die wirtschaftliche Ausbeutung und die menschlichen Verluste im Kongo von einem erschreckenden Ausmaß waren („Vansina, J. (1966). The Tio Kingdom of the Middle Congo, 1880–1892“).

Im Laufe der Zeit gewann das Bewusstsein für diese dunkle Seite der belgischen Geschichte auch in der breiten Bevölkerung an Bedeutung. Dies führte zu einer zunehmenden Sensibilisierung für kolonialgeschichtliche Themen, beeinflusst von den internationalen Debatten um Menschenrechte und postkolonialer Gerechtigkeit. In jüngerer Zeit sind die Forderungen nach Entfernungen der Statuen von Leopold II. aus dem öffentlichen Raum und der Neuinterpretation seiner historischen Bedeutung lauter geworden. Die „Black Lives Matter“-Bewegung, die 2020 weltweit erstarkt ist, gab dem Diskurs über Leopolds Vermächtnis in Belgien neuen Auftrieb.

Ein markantes Beispiel für diesen Wandel ist das Afrikamuseum in Tervuren, das nach umfangreichen Renovierungen 2018 wiedereröffnet wurde. Es versucht, die Geschichte des belgischen Kolonialismus inklusiv und kritisch zu reflektieren. Dort wird nun Leopolds Rolle im Kongo nicht mehr als rein patriotischen Erfolg, sondern als Teil einer Geschichte voller Widersprüche dargestellt, die die schweren Menschenrechtsverletzungen nicht ausblendet.

Dennoch gibt es auch heute noch Spannungen und Vorbehalte in der belgischen Gesellschaft, wenn es um eine vollständige Anerkennung und Wiedergutmachung dieser Vergangenheit geht. Historische Gerechtigkeit und die Offenlegung der Wahrheit sind beständige Anliegen von Aktivisten und Nachfahren der Opfer der Kongogräuel. Diese Gruppen fordern nicht nur symbolische Akte der Erinnerung wie das Entfernen von Statuen, sondern auch konkrete politische Maßnahmen, um die historischen Ungerechtigkeiten anzuerkennen und zu adressieren.

Die belgische Erinnerungskultur an Leopold II. bleibt somit ein dynamisches Feld, das fortlaufend von gesellschaftlichen, kulturellen und akademischen Diskursen beeinflusst wird. Der Umgang mit Leopold II. in der Erinnerung spiegelt die breiteren Spannungen wider, die viele postkoloniale Gesellschaften bei der Aufarbeitung ihrer Geschichte erleben. Wie Belgien diesen Dialog weiterführt, wird entscheidend für die Definition sowohl seiner nationalen Identität als auch seiner Rolle in der globalen Gemeinschaft des 21. Jahrhunderts sein.

Der Wandel der Geschichtsschreibung über Leopold II.

Der historische Diskurs um Leopold II., einst von vielen als großer Monarch gefeiert, hat sich in den letzten Jahrzehnten grundlegend gewandelt. Dies liegt nicht nur an den neu aufgedeckten Tatsachen, sondern auch an einem sich verändernden Verständnis von Geschichte und Ethik. Historiker und Gesellschaften gleichermaßen haben begonnen, die komplexen und oft unbequemen Wahrheiten über seine Herrschaft zu akzeptieren.

Im 19. und frühen 20. Jahrhundert wurde Leopold II. in Belgien und vielen anderen Teilen der Welt häufig als vorausschauender und tatkräftiger Monarch dargestellt. Seine Rolle bei der Gründung des Kongo-Freistaats wurde vor allem aus einer imperialistischen Perspektive betrachtet, die die Ausbeutung kolonialer Ressourcen als legitime Fortsetzung wirtschaftlicher und territorialer Expansionen ansah. Doch dieser traditionelle Blick begann zu bröckeln, als Berichte über die Gräueltaten im Kongo publik wurden.

Bis in die Mitte des 20. Jahrhunderts hinein waren es vor allem individuelle Journalisten und Menschenrechtsaktivisten wie der Brite Edmund Dene Morel, die auf die Missstände aufmerksam machten. Die Veröffentlichungen von Augenzeugenberichten wie denen des Missionars John Harris prägten diesen Wandel entscheidend. Morel, der von dem irischen Aktivisten Roger Casement unterstützt wurde, veröffentlichte zahlreiche Berichte und gründete die Congo Reform Association, welche international großen Einfluss erlangte.

Die wissenschaftliche Auseinandersetzung mit Leopold II. änderte sich in den 1960er und 1970er Jahren massiv. Diese Periode, geprägt von postkolonialen

Befreiungsbewegungen und einem globalen Hinterfragen imperialistischer Praktiken, setzte erweiterte Maßstäbe für historische Betrachtungen. Der Historiker Adam Hochschild war mit seinem Buch "King Leopold's Ghost" (1998) wegweisend dafür, das Bewusstsein für die Schwere der Misshandlungen unter Leopolds Regime in den Mittelpunkt zu rücken. Hochschild deckte die systematischen Verstöße gegen die Menschenrechte auf und trug erheblich dazu bei, das internationale Bild von Leopold II. als grausamer Kolonialherrscher zu formen.

Die fortschreitende Digitalisierung und der bessere Zugang zu historischen Archiven haben es in den letzten Jahrzehnten möglich gemacht, eine größere Anzahl von Primärquellen zu untersuchen. So konnten Schlüsseldokumente, die vorher isoliert betrachtet wurden, in einen umfassenderen Kontext gestellt werden, was ein detaillierteres und objektiveres Bild von Leopold II. und seiner Herrschaft ermöglichte. Die umfangreiche Korrespondenz von Leopold selbst, langfristig gesicherte Berichte der Freistaatsagenten und Missbrauchsdokumentationen halfen dabei, das finstere Gesamtbild zu untermauern.

Eine bedeutsame Entwicklung in der Geschichtsschreibung über Leopold II. ist die zunehmende Einbindung von Perspektiven der ehemals kolonisierten Völker selbst, die ihre eigenen Erinnerungen und Geschichten zunehmend in den akademischen Diskurs einbringen. Diese Narrative tragen dazu bei, das westlich dominierte Geschichtsverständnis zu erweitern und global gerechtere Sichtweisen zu etablieren.

In Belgien selbst ist die Erinnerungskultur über die Jahrzehnte einem bemerkenswerten Wandel unterlegen; die Debatte um Leopold II. hat oft hitzige Diskussionen ausgelöst, die im weiteren gesellschaftlichen Kontext über Schuld und Verantwortung für koloniales Unrecht hinausgingen. Es ist zu beobachten, dass Schulen, Museen und andere Institutionen vermehrt versuchen, die Kolonialgeschichte objektiver und umfassender zu vermitteln, häufig durch den Einbezug kritischer und nicht-westlicher Perspektiven.

Insgesamt zeigt der Wandel der Geschichtsschreibung über Leopold II. eine neu definierte Ethik in der Historik und ein wachsendes Verständnis für die Verantwortung, die Erinnerungskultur gerecht und ausgewogen zu gestalten. Dieser Wandel reflektiert eine breitere Tendenz in der historischen Forschung, die sich vermehrt mit den komplexen Wirkungen von Macht, Ausbeutung und Gerechtigkeit auseinandersetzt. Das geschichtlich Gewesene aus immer neuen, kritischeren Perspektiven zu hinterfragen eröffnet nicht nur eine genauere Einsicht in die Vergangenheit, sondern prägt auch den ethischen Kompass künftiger Generationen.

Leopold II. und die Menschenrechte: Ein historischer Rückblick

Die Beurteilung der Herrschaft Leopold II. durch die Linse der Menschenrechte ist eine vielschichtige Angelegenheit, die sowohl die moralischen als auch die rechtlichen Standards der damaligen Zeit reflektiert. Leopold II. von Belgien, der von 1835 bis 1909 lebte, war Zeitgenosse signifikanter Veränderungen auf der globalen Bühne. Diese Periode war geprägt von einem zunehmenden Bewusstsein für moralische und humanitäre Belange - allerdings in einem Kontext, in dem Kolonialismus und imperialistische Bestrebungen hoch im Kurs standen.

Leopold II. hatte in den letzten Dekaden des 19. Jahrhunderts unter anderem die menschenrechtlichen Debatten erheblich mitgeprägt, indem er durch die Ausbeutung des Kongo-Freistaats anschaulich machte, welche Abgründe das koloniale Streben offenbaren konnte. Zeitgleich entstanden in Europa erste organisierte Menschenrechtsbewegungen, die auf soziale Gerechtigkeit und die Verbesserung der Lebensumstände in den Kolonialgebieten zielten. Die Grausamkeiten, die unter der Herrschaft Leopolds begangen wurden, stießen auf Empörung und führten letztlich zu einer internationalen Kampagne zur Beendigung der Gräueltaten im Kongo. Das "Weißbuch" von König Leopold II. über die seine Herrschaft im Kongo war ein propagandistisches Werk, das starke Kritik hervorrief und das "Conradverbot" von 1904 als Reaktion auf Joseph Conrads Werk "Heart of Darkness" verdeutlicht die kulturelle und politische Debatte jener Zeit.

Einer der bekanntesten Zeitzeugenberichte stammt von Edmund D. Morel, einem britischen Journalist und Autor, der durch seine Enthüllungen maßgeblich dazu beitrug, die Missstände im Kongo-Freistaat international publik zu machen. In seinem Werk "*Red Rubber: The Story of the Rubber Slave Trade Flourishing on the Congo in the Year of Grace 1907*", beschreibt Morel detailliert die brutale Wirtschaftspolitik Leopold II. und die katastrophalen Folgen für die kongolesische Bevölkerung. Morel war eine Schlüsselfigur in der Anti-Leopold-Bewegung und half mit, die belgische Monarchie zu zwingen, sich dem Druck internationaler Gemeinschaften zu beugen. Die Menschenrechtsverletzungen im Kongo wurden so der Weltöffentlichkeit ins Bewusstsein gerufen, was schließlich zur Übernahme des Kongo-Freistaates durch den belgischen Staat führte.

Humanitäre Organisationen der Zeit, wie zum Beispiel die "Aborigines' Protection Society", klagten das Vorgehen Leopolds als gravierenden moralischen Fehltritt an. Der damalige Diskurs über Menschenrechte war jedoch stark begrenzt durch eurozentrische und missionarische Perspektiven, die selbst von kolonialistischen Paradigmen durchzogen waren. Der Missbrauch von Menschenrechten im Kongo wirkte wie ein Katalysator für Diskussionen um internationale Normen und Standards, die in der Gründung internationaler Institutionen wie dem Völkerbund mündete. Somit trug auch die despotische Verwaltungsführung Leopolds dazu bei, dass sich Denkweisen und politische Bewegungen formierten, die letztlich - wenn auch erst mit

Verzögerung - zu einer umfassenderen Anerkennung universeller Menschenrechte führten.

Zeitgenössische Historiker haben die Verwaltung des Kongo durch Leopold als "Wendepunkt in der Geschichte der Menschenrechte" bezeichnet. Historiker wie Adam Hochschild, der in seinem Buch "*King Leopold's Ghost: A Story of Greed, Terror, and Heroism in Colonial Africa*" die Erlebnisse der Bewohner des Kongo beschreibt, liefern eindringliche Beweise für die Gräueltaten und beleuchten die Bedeutung des internationalen Drucks auf diese Politik. Solche Aufarbeitungen haben geholfen, die langfristigen Auswirkungen von Leopolds Herrschaft für die kongolesische Gesellschaft und die Menschenrechtshistorie zu unterstreichen.

Zusammenfassend ist festzustellen, dass Leopold II. und die menschenrechtlichen Implikationen seiner Regentschaft über den Kongo ein Paradoxon der Kolonialgeschichte darstellen: Einerseits verkörpert seine Administration die Gipfel der kolonialen Unterdrückung und Ausbeutung, andererseits fungierte sie als ungewollte Triebfeder für internationale Menschenrechtskampagnen, die gesamtgesellschaftliche und völkerrechtliche Umwälzungen nach sich zogen. Diese Ambivalenz macht die historische Bewertung von Leopold II. so vielschichtig und wichtig für das Verständnis der Entwicklung und Verbreitung von Menschenrechtsgedanken bis ins 20. Jahrhundert und darüber hinaus.

Die globalen Auswirkungen von Leopolds Herrschaft auf die Kolonialpolitik

Die Kolonialherrschaft von Leopold II. über den Kongo-Freistaat hinterließ tiefgreifende Spuren sowohl in der afrikanischen Region als auch im globalen Kontext der Kolonialpolitik des späten 19. und frühen 20. Jahrhunderts. Die bemerkenswerten Auswirkungen von Leopolds Herrschaft auf die internationale Politik zeigen sich auf mehreren Ebenen und umfassten politische, wirtschaftliche und moralische Dimensionen. Dieser Abschnitt befasst sich eingehend mit diesen multiplen Einflüssen und analysiert, wie Leopolds expansive Vorstellungen von Imperium und Wirtschaftsführung die kolonialen Strategien anderer europäischer Mächte prägten.

Leopolds Vorgehen im Kongo entsprach dem gewaltsamen und intensiven Ausbeutungsmodell, das darauf abzielte, maximalen wirtschaftlichen Gewinn zu erzielen, wobei die lokalen Bevölkerungen durch brutale Verwaltungsmethoden gezwungen wurden, Rohstoffe wie Elfenbein und Kautschuk zu fördern. Der Erfolg des Kongo-Freistaats in Bezug auf die erwirtschafteten Profite weckte das Interesse anderer Kolonialmächte, die darin ein Modell sahen, welches ihre eigenen territorialen Ambitionen effektiv unterstützen könnte.

Europäische Staaten, besonders diejenigen, die am Berliner Kongress von 1884 bis 1885 teilgenommen hatten, beobachteten genau, wie Leopold II. ohne formale koloniale Infrastruktur ein vollständig privates und profitables Unternehmen schuf. Seine Methoden wurden von vielen imperialen Akteuren sowohl bewundert als auch verurteilt. Während sie eine Blaupause für die Gewinnmaximierung in bodenreichen Überseegebieten boten, stießen Leopolds formale Rücksichtslosigkeit und die schockierenden Berichte über Systematisierung von Zwangsarbeit und Gewalt auf starken humanitären Widerstand.

Die Enthüllungen der Grausamkeiten im Kongo, die durch Berichte von Missionaren, Aktivisten und Reisenden wie E.D. Morel und Roger Casement öffentlich wurden, führten zu einer breiten internationalen Reformbewegung, die letztendlich den Transfer des Kongo von einem persönlichen Besitz Leopolds zu einer belgischen Kolonie provozierte. Diese Entwicklung machte deutlich, dass Kolonialmacht in der Moderne nicht mehr allein durch wirtschaftliches Interesse legitimiert werden konnte, sondern einer gewissen ethischen und vertraglichen Kontrolle unterlag.

Die Auswirkungen von Leopolds Herrschaft trugen darüber hinaus zur Formulierung von Normen bei, die im 20. Jahrhundert als Grundlage für die Dekolonisationsbewegungen dienen sollten. Die extraktiven Praktiken im Kongo und die damit verbundene Missachtung menschlicher Leben trugen zur zunehmenden Diskussion über die Legitimität empire-building und zur ethischen Dimension von internationalem Recht und Menschenrechten bei. Fokus wurde darauf gelegt, wie indigene Rechte und Autonomie respektiert werden müssen, eine Debatte, die bis zum heutigen Tage fortgesetzt wird.

Zusammengefasst diente Leopolds Herrschaft als beängstigende Erinnerung an die extremen Auswüchse, die eine unkontrollierte Kolonialpolitik annehmen konnte, und führte letztlich zu einer reflektierten Überprüfung der westlichen Imperialmethoden. Sie fungierte als Katalysator für Reformen und trug dazu bei, eine kritische Diskussion über die moralische Verantwortung von kolonialen Akteuren im internationalen Kontext zu entfalten. Daher blühten NGOs und internationale Diskurse um Menschenrechte und Kolonialschuld auf, teilweise inspiriert durch die grausamen Lehren aus dem Kongo-Freistaat.